Onde não existir reciprocidade, não se demore

IANDÊ ALBUQUERQUE

Onde não existir reciprocidade, não se demore

Outro Planeta

Copyright © Iandê Albuquerque, 2018
Copyright © Editora Planeta do Brasil, 2018
Todos os direitos reservados.

Preparação de texto: Luiza Del Mônaco
Revisão: Giovana Bomentre
Diagramação: 2 estúdio gráfico
Imagens de miolo: Shutterstock
Capa: Marcela Badolatto

Dados Internacionais de Catalogação na Publicação (CIP)
Angélica Ilacqua CRB-8/7057

Albuquerque, Iandê
  Onde não existir reciprocidade, não se demore / Iandê Albuquerque. - São Paulo: Planeta do Brasil, 2018.
  240 p.

ISBN: 978-85-422-1232-7

1. Crônicas brasileiras 2. Amor 3. Relacionamento 4. Separação (Psicologia) I. Título

18-0075   CDD B869.8

Ao escolher este livro, você está apoiando o manejo responsável das florestas do mundo e outras fontes controladas

2024
Todos os direitos desta edição reservados à
EDITORA PLANETA DO BRASIL LTDA.
Rua Bela Cintra, 986 – 4º andar
01415-002 – Consolação – São Paulo-SP
www.planetadelivros.com.br
faleconosco@editoraplaneta.com.br

Para todas as pessoas intensas.

SUMÁRIO

Onde não existir amor, não se demore, 11

Às vezes, finais precisam acontecer para que a gente possa aprender a recomeçar, 13

Talvez a gente tenha se perdido um do outro no meio do caminho e continuado nisso tentando se encontrar, 18

Quando a dor passa a gente percebe que o fim foi a melhor coisa que aconteceu, 20

Eu precisava te jogar fora. Assim mesmo, como um saco de coisas de que não precisamos mais, 22

Às vezes ir embora é a melhor decisão que podemos tomar, 24

Eu não queria desistir da gente, mas..., 28

Por mais que doam, alguns finais nos fazem melhores, 30

Toda dor que você me trouxe serviu pra que eu me curasse de você, 33

Obrigado por ter saído da minha vida, 36

A vida segue, com ou sem você, 42

A vida é feita de escolhas e, às vezes, a gente precisa escolher entre continuar se machucando ou se desfazer do motivo das nossas dores, 44

Finais doem, mas recomeços curam, 46

Eu me apaixonei pelo que inventei de você, 48

Foi difícil aceitar o fato de você ter superado o nosso fim enquanto eu sequer pensava nisso, 54

Quando você quer ficar, mas lá no fundo sabe que não vale mais a pena, 57

Nem sempre o amor é sobre ficar, e está tudo bem, 59

Ainda bem que a gente se transforma, 61

A gente precisa urgentemente desapegar dessa ideia de que amar significa permanecer, 63

A gente não desiste do que quer. A gente desiste do que dói, do que machuca, do que já desistiu da gente, 68

Talvez hoje, talvez amanhã, mas no fim das contas a gente sempre fica bem, 70

Depois de uma decepção não existe sensação melhor do que o reencontro consigo mesmo, 72

Não se cobre tanto, você deu o seu melhor, 78

Há sempre um recomeço te esperando de braços abertos, 80

Não tenha medo de ficar sozinho, 83

Nunca se envolva com alguém que ainda está enrolado com o ex, você não merece entrar nessa confusão, 86

Talvez a beleza da vida seja a impermanência, 92

A melhor coisa que me aconteceu foi ter me livrado de você, 95

Quando pedimos para que nos amem, é porque falta amor dentro de nós, 97

Não se acostume com o que te machuca, 99

Você não pode e nem deve viver insistindo em ser a metade de alguém, 102

O término não é o fim do mundo, 106

Um dia alguém vai entrar no seu peito, vai te dizer pra deixar rolar e, de uma hora pra outra, vai sumir da sua vida, 108

Cresci, evolui e amadureci, por isso não existe mais espaço pra você dentro de mim, 111

Ninguém vale o seu desequilíbrio emocional, suas lágrimas e sua insônia, 114

Você não precisa ter medo de ficar sozinho, 116

O amor não é aquilo que te faz perder o controle de si mesmo, o que te faz perder o controle é a falta dele, 118

Você vai entender o significado do amor-próprio quando tiver que se afastar de alguém que tanto ama porque, na realidade, essa pessoa só te faz mal, 124

Carta a quem já perdeu um amor, 127

Ninguém é obrigado a gostar da gente, 130

Nem sempre ficamos com o amor das nossas vidas, 133

Te amo, mas não dá mais, 138

Um dia você vai rir de tudo isso, 141

Amor também é ter que abrir mão de alguém que você gosta pra caramba, porque você, por mais que tente, não consegue enxergar mais razões pra permanecer ali, 144

O amor não é sobre insistir, às vezes também é preciso desistir, 146

Amar é querer a felicidade do outro, mesmo que você não seja mais o motivo dela, 150

Eu fui embora porque você não me deu nenhum motivo para ficar, 153

Desisti de você pra não desistir de mim, 155

Alguém ainda vai gostar de você como você é, 157

Não é porque não te procura que não sente sua falta, 160

Amava porra nenhuma!, 166

Às vezes você perde seu tempo e gasta sua energia pegando ônibus à toa pra ver alguém que sequer atravessaria a rua por você, 168

Não aceite menos do que você merece, 171

Você não perdeu nada, 173

A gente tinha tudo pra dar certo, 175

Bloquear uma pessoa no Facebook não significa bloquear da vida, 179

Aceite que as pessoas mudam por elas mesmas, quando querem mudar, e não porque alguém tentou mudá-las, 182

Sobre aquela mensagem: "É melhor pararmos por aqui. Fica bem", 188

Não nasci pra ser contatinho, nasci pra ser mozão, 191

Quando a gente começa a se envolver..., 194

Sobre relacionamentos abusivos, 196

Se for pra conhecer alguém, então que seja alguém que valha a pena, 199

A saudade não vai me fazer voltar, 202

Quem quer arruma um jeito, quem não quer arruma uma desculpa, 205

Era só você se permitir, 208

A pessoa certa é aquela que te prova, todos os dias, que te quer na vida dela, 210

Quem se ama, se cuida, 216

O amor não mantém ninguém junto se não houver vontade, reciprocidade e outras coisas mais, 218

Nem tudo que vai embora é azar, às vezes pode ser uma sorte grande, 221

Toda decepção por mais dolorida que seja te torna mais forte, 223

Quer mesmo saber se estou bem?, 225

Provavelmente você vai esbarrar em algum embuste nessa vida, 228

Se você ama alguém, antes de tudo, saiba que você não precisa dessa pessoa, 232

Não devemos, 235

Nunca sofra por um amor meio bosta, 236

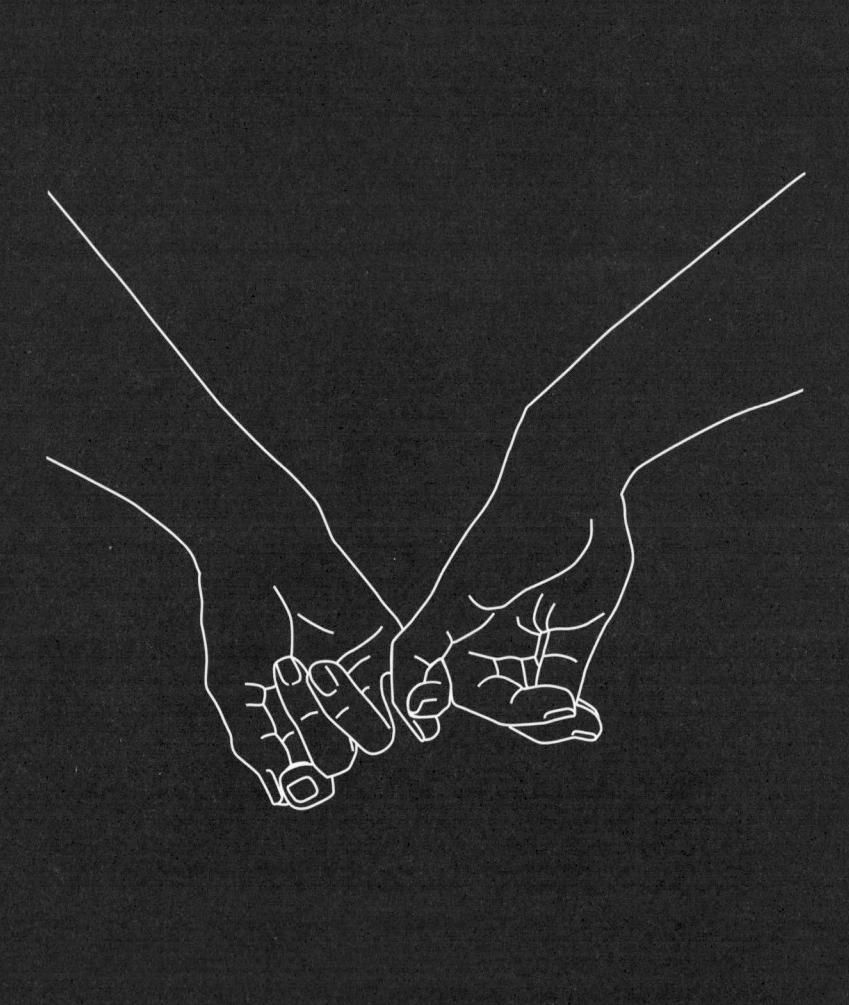

ONDE NÃO EXISTIR AMOR, NÃO SE DEMORE

Nem tudo o que a gente deseja ter é necessariamente bom pra gente. Às vezes a gente tem uma mania de querer empurrar com a barriga coisas que não fazem mais sentido na nossa vida simplesmente por ter medo de encarar a realidade. Às vezes a gente acha que colocar toda sujeira pra debaixo do tapete e insistir em algo que não vale mais a pena é a melhor opção.

A gente erra ao pensar que o amor é permanecer, suportar absolutamente tudo e ficar, independentemente de qualquer coisa. Mas a verdade é que o amor é, também, cair fora quando já não existe mais respeito. É tomar a decisão de ir embora quando o sentimento não é mais recíproco, é deixar pra trás aquilo que não te acolhe mais e que só te machuca. Amar é saber abandonar o barco quando você estiver remando sozinho, é estar pronto para desatar os laços que se transformaram em nós apertados.

Mas, então, você se vê diante de uma grande dúvida. Pensa em seguir em frente, mas seguir sozinho parece tão estranho. Você pensa em esquecer o outro, mas só de pensar em esquecer, você já lembra. Você decide ficar na sua, mas ficar na sua é quase como uma tortura, porque você tem uma mania trouxa de ser e se pergunta, constantemente, como e para onde o outro está indo. Você sabe que se continuar nesse dilema, acabará ficando pra trás. E mesmo consciente de que isso você não quer, não consegue definir se vai ou se fica, porque a confusão já tomou conta de você por inteiro. Você finge ser forte, finge que já esqueceu de tudo e apenas espera que o tempo corra depressa. Seu coração diz pra você ficar, porque ainda existe um resquício de amor lá dentro, mas sua mente insiste que você siga em frente. Lá no fundo, você sabe que se ficar o risco de se decepcionar novamente é ainda maior. Seu coração diz: "Fica, só dessa vez!". Mas a sua mente sussurra, dizendo: "Onde não existir reciprocidade, não se demore".

Este livro é sobre amor, e consequentemente sobre saber seguir em frente sozinho. Porque amor também é se virar com a dor da saudade e aceitar que um dia ela vai parar de doer e você finalmente vai agradecer pelo que foi embora. Amar é ter a consciência de que, se você se doou por inteiro e, mesmo assim, o outro não enxergou a sua entrega, quem perdeu não foi você. Amar também é abrir mão de alguém que você gosta pra caramba, porque você, por mais que tente, não consegue enxergar mais razões pra permanecer ali. Amar é ter a ousadia de colocar um fim, em vez de adiar algo que já não faz mais sentido só porque você não consegue aceitar que acabou. Amar também é expulsar tudo aquilo que só te traz caos, porque o amor não deve ser um problema, mas, sim, a solução.

ÀS VEZES, FINAIS PRECISAM ACONTECER PARA QUE A GENTE POSSA APRENDER A RECOMEÇAR

Você lembra que eu falei que iria seguir em frente? Pois é, confesso que não foi fácil. Mas dessa vez eu prometi pra mim mesmo que não iria voltar atrás como fiz tantas outras vezes. Não iria considerar as suas desculpas, muito menos todo aquele seu show me pedindo pra ficar. Desse seu teatro, eu escolhi não participar por nem mais um dia.

Não adianta mais falarmos sobre o nosso amor, porque acho que ele já não existe mais. Acho que a gente não deve usar um suposto amor como justificativa para insistirmos em algo que não dá mais certo. Se não faz mais bem pra nenhum de nós não adianta continuar, sabe? A insistência só faz machucar, e os machucados geram receio, e o receio nos transforma em pessoas que têm medo de amar. Eu não quero ser alguém covarde no que diz respeito ao amor. Não quero machucar outra pessoa só porque alguém me machucou. Chegamos a um ponto em que é melhor enxergarmos que não faz mais sentido continuarmos essa história com reticências, um ponto final talvez seja mais digno.

Os finais são doloridos. No entanto, aceitar um fim dói menos do que persistir em algo que a gente não merece. E foi isso que fiz, aceitei o fim e toda a dor que veio junto com ele. Aceitei que eu estava sozinho nesse barco, que você pulou fora na primeira tempestade que tivemos e me deixou remando contra a correnteza enquanto observava tudo da areia. Ao perceber que estava sozinho, comecei a aceitar que eu precisava aprender a enfrentar as ondas de saudade, de autossabotagem e de descrença no amor. Eu precisava superar tudo isso pra provar para mim mesmo que eu conseguiria chegar ao meu destino sem você, que eu encontraria dentro de mim todo o amor que você não foi capaz de me dar e que eu finalmente entenderia que a falta que pensei que você me faria nada mais era que um engano, uma insegurança por não saber como avançar sem você.

Acontece que eu avancei e cheguei até aqui, e todo esse caminho me transformou em alguém mais forte. E, acredite, essa pessoa em quem eu me transformei jamais permitiria que alguém como você permanecesse tanto tempo na minha vida. Essa é a vantagem dos finais, a gente sempre consegue superar o que um dia a gente acreditou que não conseguiria suportar. Às vezes, o fim precisa acontecer para que a gente possa aprender a recomeçar. E eu recomecei.

INSISTIR EM ALGO OU ALGUÉM QUE VOCÊ SABE QUE NÃO VAI TE LEVAR A LUGAR ALGUM É JOGAR O SEU TEMPO, O SEU AMOR E VOCÊ MESMO FORA.

**TALVEZ A GENTE TENHA
SE PERDIDO UM DO OUTRO
NO MEIO DO CAMINHO
E CONTINUADO NISSO
TENTANDO SE ENCONTRAR**

As pessoas ainda me perguntam sobre você. E quando digo que acabou, algumas me olham assustadas como se me perguntassem: "Como assim acabaram? Vocês se amavam muito!". Mas desde quando amor tem de ser eterno? Inclusive, acho que se a gente tivesse terminado enquanto ainda existia amor, talvez não tivéssemos o transformado em algo tão ruim e danoso pra gente.

A gente realmente se amava muito. A gente se amava pra caralho. Não tem como medir o tanto que gente se amava, mas as coisas terminam, as relações acabam e o amor chega ao fim. Talvez a gente tenha facilitado o processo, talvez a gente tenha se perdido um do outro no meio do caminho e tenha continuado nisso tentando nos encontrar. Mas acontece que a gente nunca ia conseguir se encontrar de novo porque a gente estava acostumado a fazer tudo errado, a gente fazia exatamente o contrário do que tinha de ser feito. Às vezes a distância machuca, às vezes a gente precisa da distância pra parar de se machucar.

    Algumas pessoas não conseguem amar por muito tempo e outras não conseguem aceitar o fato de que não existem mais motivos pra continuar. A gente fazia parte do segundo grupo. Mesmo que ainda existisse amor dentro de nós, nunca iria fazer sentido se não soubéssemos e nem fizéssemos o mínimo de esforço pra usá-lo. A gente tinha desaprendido a amar. A gente tinha se acostumado com o vazio que acabamos causando um ao outro. Nós tínhamos tudo em nossas mãos, o amor também estava ali, mas o que fizemos com ele? Brincamos, fizemos da nossa relação um jogo, sem perceber que ninguém sairia vencedor.

    Acontece que, por pura insistência, a gente conseguiu a façanha de transformar nosso amor em um fardo. E é aí que está o erro, às vezes vale a pena insistir, outras vezes insistimos por puro egoísmo, por medo de perder o outro, pelo simples fato de não sabermos como lidar com o fim. E a gente nunca vai saber lidar com o fim sem antes aceitá-lo. A gente precisa entender que, enquanto houver amor, respeito, lealdade, transparência, sinceridade e força de vontade vale a pena continuar, mas quando houver apenas amor e faltar todo o resto, a melhor coisa a fazer é aceitar o fim.

QUANDO A DOR PASSA, A GENTE PERCEBE QUE O FIM FOI A MELHOR COISA QUE ACONTECEU

Acabou. Já era. Fim. Estranho começar uma história pelo fim, não é? Mas pra mim, o fim foi a parte mais inspiradora depois que eu consegui terminar um relacionamento abusivo. Já não dói mais dizer que deixei alguém que eu amei pelo caminho, que segui sozinho quando na verdade, por muito tempo, a minha vontade era ter podido continuar com ele. Já não dói mais dizer que ele simplesmente não faz mais parte da minha vida, muito pelo contrário, eu sinto gratidão por isso, por finalmente ter aceitado o fim.

Ouvir ele dizer "eu te odeio" foi muito dolorido. Eu me perguntei como o nosso amor poderia ter se transformado em ódio, em nojo e em repulsa. Foi então que comecei a perceber que sentia o mesmo por ele e, finalmente, entendi que o nosso amor só existia em nossas palavras, da boca pra fora. No peito, só vestígios de um amor que virou poeira e não tinha mais como ser consertado, não dava mais para colarmos todos os pedaços e voltarmos a amar, sabe? Às vezes bate um desespero na gente, é difícil enxergar ali, bem na sua frente, que acabou e não serve mais, que você não precisa mais daquilo que achou por tanto tempo que te era fundamental. É difícil enxergar tão claramente que alguém que você acreditava ser o amor da sua vida se transformou em só mais uma pessoa qualquer.

Insisti em não acreditar que realmente tinha acabado porque foi tanta doação, tanto esforço, sabe? Foram tantas horas sem sono, tantas madrugadas desperdiçadas, tantas preocupações e conversas em vão. Foram muitas ligações perdidas e não atendidas, mensagens visualizadas e não respondidas. Foram muitas lágrimas. E pensar que tudo tinha acabado fazia todo aquele tempo parecer inútil.

Doeu, mas já não dói mais. E quando a dor passa a gente percebe que o fim foi a melhor coisa que aconteceu. E eu nunca pensei que pudesse dizer que ir embora de alguém que eu amei pra caramba fosse a melhor coisa que me aconteceu. Talvez pareça estranho dizer isso, não é? Se você ama alguém por que é que vai embora? Por que é que vai desistir? Por que é que vai abrir mão? Mas eu posso responder com toda certeza do mundo que a gente precisa desistir de algumas pessoas, que amar não é somente permanecer. O amor também é sobre as despedidas, é sobre deixar ir ou decidir ir embora, principalmente quando algumas pessoas desistem de nós antes mesmo de a gente saber.

EU PRECISAVA TE JOGAR FORA. ASSIM MESMO, COMO UM SACO DE COISAS DE QUE NÃO PRECISAMOS MAIS

Os amigos são sempre os primeiros a perceberem a nossa mudança de comportamento. Quando a gente se envolve com alguém que não faz bem pra gente, nossa energia muda, nossa maneira de enxergar a vida lá fora se transforma totalmente.

A gente começa a achar que o outro é mesmo a nossa melhor escolha e que não existirá ninguém no mundo melhor do que ele. Nós mentimos pra nós mesmos, acreditando que ninguém vai ser capaz de aguentar nossas manias, nossos chiliques e nossos medos bobos. A gente vai se autossabotando aos pouquinhos, sem nem perceber porque o outro nos faz acreditar que não somos incríveis e que somos totalmente dependentes dele. E o fato de acreditar que você precisa de alguém pra ser feliz significa depositar todas as suas fichas de felicidade em um único alguém, significa entregar todos os seus sentimentos nas mãos de uma pessoa e permitir que ela faça com você aquilo que bem entender, inclusive brincar, manipular ou simplesmente jogar fora. E a gente começa a achar que ficar com alguém raso é algo profundo demais e então a gente quase se transforma em alguém raso também.

Mas o mais foda disso tudo é que, quando estamos envolvidos, não conseguimos enxergar a armadilha. Quando acontece com a gente, simplesmente não conseguimos perceber com tamanha clareza o quanto aquela pessoa nos faz mal, mas as pessoas à nossa volta percebem. E isso tudo é lamentável, porque a gente não costuma aceitar, muito menos concordar com o que as pessoas dizem pra gente.

Meus amigos me pediam pra parar. Diziam pra eu cair fora porque eu merecia muito mais. E por mais que eu soubesse que eu merecia muito, eu achava que aquele pouco que você me dava era o suficiente pra mim. Meus amigos me aconselhavam, insistiam que eu parasse de atender suas ligações e diziam pra que eu começasse a esquecer você. Mas eu precisava, primeiro, colocar na minha cabeça que te esquecer era a minha prioridade. Eu realmente precisava não responder mais a suas mensagens. E, em vez de te deixar no fundo do baú, eu tinha como obrigação me desfazer de tudo que acumulava espaço e que não fazia mais o mínimo de sentido.

Eu precisava te jogar fora. Assim mesmo, como um saco de coisas de que não precisamos mais.

ÀS VEZES IR EMBORA É A MELHOR DECISÃO QUE PODEMOS TOMAR

Todas as vezes que você sumia, eu corria atrás. Me desgastava tentando descobrir onde você estava, me desesperava pedindo que você percebesse o quanto eu te amava e esperava que, no mínimo, fosse recíproco. Eu perdia tanto tempo tentando te encontrar, achando que eu realmente precisava de você, sabe? Não entendia que tudo o que eu precisava era de mim mesmo. Eu precisava me enxergar, me encontrar, te deixar pra trás e seguir o meu caminho em paz. Por mais que eu percebesse que o meu amor já tinha perdido a estadia no seu peito e que eu já tinha sido expulso dali, eu simplesmente não conseguia aceitar.

Sabe quando você entende que não merece aquilo, mas insiste em pensar que precisa daquilo?

Então você reaparecia, dizia que ainda me amava e eu acreditava. Por mais que o nosso amor tivesse perdido o sentido, eu insistia em acreditar que tudo o que você dizia sentir por mim ainda iria me fazer bem. Eu tinha aquela mania idiota de acreditar que você mudaria por mim. Um novo papel de trouxa pra minha conta.

Eu segui a minha vida, ou pelo menos tentei. Enfiei lá dentro da minha cabeça que eu nunca mais acreditaria nas suas mentiras. Até que um dia, quando eu já nem lembrava o seu número, você me mandou uma mensagem dizendo que sentia saudade. Involuntariamente, um sorriso irônico se estendeu no meu rosto. Foi nesse momento que eu percebi que você já não me fazia mais falta. Eu já sabia do seu cinismo decorado.

Não sei o que passou na sua cabeça no momento em que você percebeu que realmente tinha me perdido e que eu tinha decidido nunca mais voltar atrás. Se tem uma coisa que a vida me ensinou foi o fato de que o amor-próprio deve vir em primeiro lugar, eu não devo trocar minha estabilidade emocional por ninguém. E mesmo que doa, livrar-se de alguém assim pode ser melhor do que a insistência em um sentimento que não é recíproco. É sempre difícil ir embora, mas às vezes essa é a melhor decisão que podemos tomar, por mais que queiramos permanecer.

NÃO PERCA TEMPO E PACIÊNCIA COM QUEM SÓ SABE DIZER "QUALQUER COISA EU TE LIGO", MAS INVISTA SEU TEMPO EM QUEM DIZ "ABRE A PORTA QUE EU JÁ CHEGUEI".

EU NÃO QUERIA DESISTIR DA GENTE, MAS...

Eu não queria desistir da gente, mas aí você acabou dando um passo a frente e me deixando pra trás. Foi então que perdi o chão, que tive medo de que você sumisse de mim, mas preferi não arriscar a coragem pra te procurar de novo. Meu estômago embrulhou, suei frio, tentei me acertar, mas acabei por despencar. Resolvi deixar o orgulho de lado e te procurei. Você não parecia mais o mesmo e então me culpei pelo que fiz e pelo que não fiz. Eu me esforcei pra te ter de volta, mas estava com medo de te aceitar outra vez e você acabar me decepcionando de novo. Você preferiu ficar só, mas só eu não me encontrava mais. No entanto, meu esforço não era o bastante pra juntar os pedaços e retomar o caminho ao seu lado. E, então, perdi o chão mais uma vez. Procurei um só motivo entre tantos que tínhamos pra explicar tudo o que havia acontecido. Pensei muito, o tempo passou e fomos nos afastando cada vez mais. Resolvi ficar aqui no meu canto só esperando o tempo resolver tudo, esperando algo mudar, mas nada mudou. A cada dia que se passava, mais eu estranhava a gente.

Você mostrou que estava bem sem mim e eu tentei me divertir mais. Você tentou sair mais e eu tentei rir mais. A gente tentava se preencher com o vazio e a saudade que causávamos um no outro. A minha barba começou a crescer e você ia ficando mais linda a cada dia. Mudei meus hábitos. Você se distraiu por aí e, então, me esqueceu de vez. Cada um foi pro seu lado, conhecemos novas pessoas, mas ninguém me agradou tanto. Até que um dia, descobri que a pessoa de quem eu não queria desistir, em quem eu queria jogar os meus braços nos ombros, acariciar a orelha no escuro do meu quarto e acordar de manhã cedo chamando de meu amor acabou por encontrar o verdadeiro amor da vida dela.

Perder alguém dói muito, mas se perder por alguém é uma dor sem comparação. É como se a ausência daquela pessoa aumentasse em uma frequência descontrolada e fizesse a gente se perder dentro de si mesmo. Se a gente aceitasse o fato de que relacionamentos acabam, pessoas inevitavelmente vão embora de nossas vidas, que muitas vezes vamos precisar dar o fora da vida de algumas pelo nosso próprio bem e, por mais que tudo isso seja doloroso, nossa vida precisa seguir, talvez não nos torturássemos tanto por não ter dado certo ou por não ter sido como esperávamos que fosse. Este é o problema: a gente espera demais, pensa demais, cria expectativas demais, faz projeções demais e, claro, se decepciona demais.

POR MAIS QUE DOAM, ALGUNS FINAIS NOS FAZEM MELHORES

Como é que estão as coisas por aí? Conseguiu terminar o curso de línguas que você tanto queria? Seus planos estão dando certo? Vi que você fugiu daquele seu emprego chato, finalmente aquele seu chefe insuportável saiu da sua vida. E a viagem pra fora do país, rolou? Ah, dia desses encontrei alguns dos nossos amigos em comum, eles te falaram? O som estava alto demais e eu estava com pressa pra aproveitar a noite como nunca havia aproveitado antes. Não entendi direito o que eles falaram, mas pedi que eles te entregassem um abraço, entregaram?

Eu sei que demorei pra te escrever, mas é que foi difícil entender o seu lado nessa história toda, sabe? Eu tive muita raiva no começo. Senti raiva por não aceitar como tudo tinha acabado.

Raiva por ter sido aquela pessoa que sempre pensava mil vezes antes de ir embora e por você ter partido na primeira oportunidade que teve. Minha vontade era de te bater, te xingar, me vingar e depois te deletar completamente da minha vida! Eu não conseguia entender como é que você pode desistir da gente depois de tudo o que construímos juntos, como você pode cair fora e me deixar sustentando tudo sozinho. Todo o peso acabou caindo sobre mim, sabe? Fiquei embaixo dos escombros tentando encontrar uma brecha pra reerguer a minha vida sozinho.

Eu não conseguia compreender como você foi capaz de simplesmente pegar as suas coisas e ir embora, depois do tanto que a gente lutou pra dar certo. Abrir mão do nosso amor sem mais nem menos? E os nossos planos? E a nossa viagem de férias pelas praias do Nordeste? A decoração da nossa casa? Os nomes que escolhemos para os nossos filhos? Todos os nossos sonhos se transformaram em pó? Sinceramente, doeu demais ver você jogando tudo fora, como se fosse descartável.

Mas enquanto chorava, eu me culpava, te culpava e culpava o mundo inteiro, como se todo o universo tivesse armado tudo pra fazer com que a gente desse errado. Na minha cabeça, tinha que existir alguma razão que explicasse o porquê do nosso amor ter descarrilado, afinal de contas, como é que pode um amor terminar assim, do nada? Eu queria encontrar uma explicação, qualquer uma, que fosse capaz de tornar as coisas mais fáceis de suportar.

Eu revirei suas redes sociais. Você estava sempre saindo, sorrindo, conhecendo novas pessoas. Um tapa doeria menos que ver você bem sem mim e ter que suportar tudo isso em silêncio. Eu não conseguia te ver feliz sabendo que eu não era mais o motivo da sua felicidade. Acho que todo mundo acaba ficando meio imaturo quando uma relação acaba. Bem, pelo menos eu fiquei. Passei a falar mal do nosso amor, disse que tudo não passou de um engano e uma grande e supérflua ilusão. Tempo perdido. Uma mentira que eu acreditei, em algum momento, que fosse uma grande verdade. Era um espetáculo que eu paguei pra entrar, mas que rezei pra que as cortinas se fechassem e tudo acabasse logo. Contei mentiras sobre nós, disse que a gente tinha sido um grande erro. Desses erros que a gente comete e que machucam e traumatizam, sabe? Falei que você tinha sido uma péssima escolha.

Depois me disseram que você também sofreu, que passou um tempo querendo saber como eu estava sem você, que também vasculhou as minhas redes sociais. Me falaram que você também chorou. Chorou num show em que tocou a nossa música e você não aguentou de saudade. Mas também disseram que estava bêbado, então relevei. Me contaram que em algumas festas você até voltou mais cedo pra casa porque sentia a minha falta. Disseram que você estava cansado de ir a lugares que a gente frequentava só pra, propositalmente, ter a chance de esbarrar em mim. O fim dói pra todo mundo, não é? Talvez pra algumas pessoas mais que outras, mas a dor chega pra todo mundo, e a saudade também.

Queria te dizer que eu estou forte agora. Voltei a andar por aí desfilando o meu melhor sorriso, escancarei as portas do meu peito e parei com aquela bobagem de me trancar só porque alguém me machucou. Ainda continuo sendo aquela pessoa cheia de dúvidas, mas agora estou um pouco mais madura e segura de mim. E essa nova pessoa, está te fazendo bem? Fiquei feliz quando soube que você estava em outra. Que doido isso, né?

Mas agora eu entendo, por mais que doam, alguns finais nos fazem melhores. A vida também nos apresenta desencontros pra que a gente aprenda a entender que se reencontrar é necessário. Eu finalmente consegui entender que você não era mesmo o amor da minha vida, mas que isso não apaga a graça de tudo o que passamos juntos. Eu só quero que você seja feliz, mesmo não sendo comigo, isso já não importa mais. Seja com alguém ou sozinho.

De tudo isso eu aprendi que às vezes o fim não é realmente o fim. Às vezes é só a vida nos dando uma nova chance pra gente tentar fazer direito.

TODA DOR QUE VOCÊ ME TROUXE SERVIU PRA QUE EU ME CURASSE DE VOCÊ

Fiquei sabendo que você foi naquele bar que a gente costumava ir às sextas-feiras com a pretensão de me encontrar por lá. Me disseram também que você estava meio inseguro porque todas as pessoas com quem se envolveu depois que terminamos não te trataram como eu tratava. Talvez eu tenha sido bobo demais por acreditar em você, por me doar por completo, por não ter escondido nenhuma parte de mim e por ter te escancarado tudo, absolutamente tudo. Mas era amor, sabe? Quando a gente ama a gente não mede esforços, não tem essa de sentir medo de se envolver. Ou você se joga ou nem se aproxima do penhasco. O problema é que eu me joguei sozinho.

Eu não me arrependo de ter me atirado. Não me arrependo porque, enquanto você só olhava lá de cima, eu arriscava todas as minhas fichas em nós. Enquanto você fugia, eu ficava arrumando toda a nossa bagunça, tentando encontrar caminhos pra que a gente não se perdesse um do outro. Enquanto você só sorria do outro lado da linha, achando que estava tudo bem, eu fingia do lado de cá, dizendo que estava tudo certo, mesmo que por dentro nada estivesse no devido lugar. Enquanto você só fazia doer, eu me esforçava pra tentar me curar. É estranho dizer isso, mas toda a dor que você me trouxe serviu pra que eu me curasse de você.

Vi que você postou a letra da nossa música em uma de suas fotos no Instagram. Achei engraçado, confesso. Indireta recebida com sucesso. Mas dessa vez eu não sofri, só ri, atualizei a página e, então, a sua foto sumiu, continuei passando a linha do tempo em busca de coisas melhores pra ver. Outro dia, um amigo seu comentou comigo que você bebeu demais e trocou o nome da pessoa com quem você estava flertando pelo meu. Foi nesse dia que você me ligou dezenove vezes? Fiquei sabendo que você andou me procurando. Em outros lugares, em outras pessoas, em outras bocas e em paixões instantâneas por aí. É cara, preciso te dizer que vai ser foda me achar no resto dessa gente. Você já me perdeu, consegue entender?

Eu sei que vai ser difícil lidar com meu cheiro que ficou no seu travesseiro, com meu nome gravado à caneta na parede do seu quarto, com minha roupa perdida no fundo da sua gaveta e que eu acabei esquecendo de buscar. Vai ser complicado esquecer o meu número na agenda do seu celular e, mesmo que você tente apagar, vai ser foda também me tirar da sua memória. Sinto muito por tudo isso, mas você sabe muito bem que eu tentei, insisti, até te liguei, e o foi que você me disse? Doeu um bocado ouvir aquilo. Ficou muito bem gravado na minha mente, em alto e bom som, você disse assim: "Vê se me esquece, porra!".

Soube que você chorou um bocado quando a minha falta apertou o seu peito. Você não imaginava que a saudade de mim um dia iria te tirar o sono, não é mesmo? Nem eu achava. Nunca pensei que você me ligaria às três da manhã de uma segunda-feira fria e cinzenta me pedindo pra voltar e implorando que tentássemos mais uma vez. Fica pra próxima, em outra vida, quem sabe. Ou não, talvez nunca.

Mas, apesar de tudo, eu não me arrependo. Porque o amor é isso. É lutar pra que dê certo, é matar um leão por dia, é acreditar e jamais desistir. Não era isso que você me dizia? O problema é quando só uma pessoa luta, só uma pessoa acredita e tenta matar um leão por dia sozinho. Você foi um amor que me serviu de exemplo. Mesmo que tenha sido um exemplo de alguém que eu não devo amar.

OBRIGADO POR TER SAÍDO DA MINHA VIDA

Eu tive muitos motivos pra sentir raiva de você, cara. Tive inúmeras razões pra te odiar pro resto da minha vida, tive um bocado de argumentos pra te ofender. E foi exatamente por tudo isso que eu entendi que não te queria mais, que você não fazia mais sentido na minha vida. Foi por isso que o que a gente tinha precisava acabar.

Você se transformou naquela calça apertada que a gente se apega e não se desfaz por pura insegurança, sabe? Aquele sapato velho que já nem cabe mais no nosso pé, porque a gente cresceu, e ele continua lá no armário, com dois números a menos. Você se tornou aquela camiseta surrada que a gente acha que vai servir pra alguma coisa, talvez pra lustrar os móveis, talvez pra enxugar as mãos ou até mesmo como pano de chão, e então ela nunca vai pro lixo, e a gente a mantém ali só porque acha que ainda pode ter alguma utilidade.

Às vezes, meu bem, a melhor coisa a fazer é jogar fora.

As pessoas me perguntam sobre você e em seguida questionam assustadas, como se você fosse uma doença que estivesse se espalhado pelo meu corpo: "Tudo bem perguntar dele, né?". Agora já está tudo bem, sim, mas por muito tempo estive mal. Fingi que estava bem pros outros, disfarcei dizendo que já tinha te superado. Por mais que eu estivesse mal, eu tinha que aprender a ser forte, não é?

Foi por isso que eu evitei falar o seu nome na minha roda de amigos. Foi por isso que me esquivei do nosso passado e de qualquer lembrança de momentos que vivemos juntos. Sua estadia no meu peito me causou feridas, sua presença na minha vida me causou desordem. Muita coisa mudou, algumas feridas sararam, algumas dores passaram e o rancor se desfez, mas ainda carrego comigo cicatrizes que levam o seu nome.

Quando você disse que achava que não me amava mais, eu já tinha certeza de que o nosso amor não era recíproco. Se algum dia foi, em algum momento deixou de ser. O nosso amor deixou de existir. E eu precisava entender isso, mesmo que da pior forma, mesmo que tivesse que ouvir da pessoa que eu amava pra caramba as palavras: "Eu não te amo mais".

E doeu, sabe? Meu mundo inteirou desabou! Às vezes a gente sente quando as coisas começam a tomar outro rumo, mas por acreditar no amor, a gente tenta se convencer a continuar, na esperança de não perder a direção. O foda é que a gente nunca sabe quando o outro vai pular fora. E foi isso o que você fez. Pulou e me deixou sozinho. Então, eu fiquei perdido, sem saber o que fazer, qual caminho seguir e como recomeçar. E enquanto eu não encontrava a estrada de volta, fui me humilhando, fui rastejando atrás de você, te pedindo pra voltar, te implorando pra tentarmos de novo, apelando pra você não me abandonar. Fui enchendo o seu celular de mensagens e ligações que você nem se dava ao trabalho de responder. Eu também fui aos mesmos lugares que você costumava ir torcendo pra te encontrar, segui sua vida pelas redes sociais, te mandei indiretas de todos os tipos e quase mandei uma caixa com uma bomba relógio com o aviso: "Ou você volta pra mim ou o mundo acaba". Exagero meu, né? Mas a verdade é que eu literalmente perdi o meu controle.

    Você me fez achar que sem você eu era nada e que só ao seu lado o meu mundo estaria completo. O pior foi que eu acreditei nisso por um tempo, até descobrir que o problema nunca tinha sido eu e que o meu mundo era tão imenso que você realmente não era digno de fazer parte dele. Foi difícil superar o nosso fim, complicado te expulsar pra fora de mim, mas eu finalmente consegui. Perdi muitas noites até entender que você não merecia o meu cansaço do dia seguinte. Eu pensei em desistir de mim e ligar o foda-se pra essa coisa de amor, sabe? Até me dar conta que eu era a única pessoa que não podia me abandonar, que eu precisava de mim mesmo pra me reencontrar, e então eu fui me reerguendo sozinho, aos poucos, e me reconstruí, pedaço por pedaço. Quando notei, eu já era outra pessoa.

    Você me tornou mais forte, cara. Me fez enxergar que a gente pode até se perder pela falta de amor, mas é com o amor que a gente se reencontra. Você me ensinou que a gente não morre exatamente de amor, mas, sim, de abrir mão da gente mesmo por causa de um amor qualquer. Eu não podia abrir mão de mim e, então, o que eu fiz? Me abracei. Cuidei de cada machucado que você me causou, reparei cada arranhão que você me deu, e quando dei por mim você já não era nada além de um cara que não merecia nem um por cento do que te dei. Muito obrigado por ter ajudado a me tornar a pessoa incrível que eu sou hoje. Pode parecer ironia, é mesmo meio maluco te agradecer por tudo de ruim que você me fez. Mas eu realmente sou grato, do fundo do meu coração, que hoje está curado e livre de você. Te agradeço por ser justamente quem eu não merecia, por ter me feito enxergar que eu merecia bem mais do que um alguém como você.

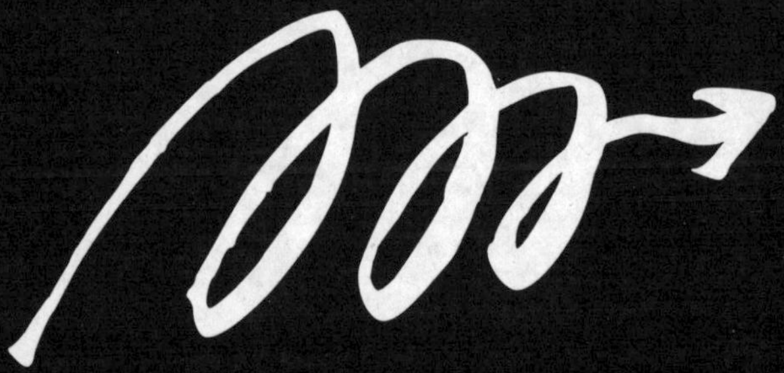

Vão visualizar suas mensagens e te deixar pra depois, ou até mesmo pra nunca mais. Mas um dia você entende que isso é um aviso pra você seguir em frente.

A VIDA SEGUE, COM OU SEM VOCÊ

Espero que você esteja ciente de que me fez mal com todas as suas mentiras e promessas de amor. Espero que saiba que o aperto no peito que eu sentia toda as vezes que lembrava de nós dois juntos, fazendo planos para o futuro, não foi um exagero. Mas só quero te dizer que nenhum rancor permaneceu. Toda raiva que eu tinha de você foi sumindo aos poucos. Acho que foi porque eu fui crescendo e precisei preencher espaços com coisas mais importantes e sentimentos mais relevantes.

Guardar rancor não combina comigo, mas isso não significa que suportei numa boa a maneira como você decidiu acabar com tudo, não quer dizer que foi fácil encontrar um norte pra continuar o meu caminho sem você. O tanto que eu chorei não foi brincadeira. Tive medo de não conseguir seguir em frente, sabe? Mas eu tive que continuar, nós sempre temos que continuar, porque ficar parado não nos leva a lugar algum. De alguma forma temos que suportar aquele abalo que nos deixa meio inseguros e confusos, como um terremoto que passa por nós e destrói tudo aquilo que nos dedicamos tanto pra construir.

Por mais difícil que seja abrir mão de alguém, nós temos que nos sacrificar pra continuarmos seguindo sozinhos. Ou a gente continua nosso caminho, mesmo sofrendo, ou a gente fica pra trás e deixa a dor tomar conta de tudo.

É preciso ser forte pra acreditar novamente no amor depois de ter o coração fragmentado em mil pedaços por alguém que um dia prometeu que não fugiria, por alguém que chegou a dizer que seria pra sempre. Você foi um covarde por ter fugido e me deixado me virando sozinho, mas está tudo bem agora, no fim das contas, ficou tudo bem. Hoje em dia, as pessoas são assim, somem como se nunca tivessem entrado na vida do outro. E por mais que eu não tenha coragem de sumir sem sequer dizer um adeus, entendo que você não é como eu. Isso não é vestígio de mágoa, ódio, rancor ou qualquer outra coisa que me faça ter antipatia por você. Longe disso. Eu não tenho espaço e muito menos tempo pra isso. No meu coração não tem lugar pra rancor. A vida segue, ela precisa seguir, com ou sem você.

A VIDA É FEITA DE ESCOLHAS E, ÀS VEZES, A GENTE PRECISA ESCOLHER ENTRE CONTINUAR SE MACHUCANDO OU SE DESFAZER DO MOTIVO DAS NOSSAS DORES

Você me exigia coisas como se tudo aquilo que te dei não tivesse sido o suficiente, como se todo o amor que eu te ofereci não tivesse valor algum. Você agia como se tudo fosse obrigação, mas pra mim o nosso amor nunca foi uma imposição. Eu fiquei porque realmente te amava. Eu suportei todas as tempestades, muitas vezes sozinho, porque eu realmente queria que a gente desse certo. Mas você não, você parecia impaciente, sempre ameaçando pular fora e abandonar o barco, sempre cogitando a possibilidade de acabar com tudo de repente. E no meio de toda essa incerteza eu precisei abrir caminho pra você passar, tive que te escancarar a porta e te deixar ir embora de vez. Se essa era a sua vontade que você tomasse, de uma vez por todas, a decisão.

Eu não queria mais ser aquela pedra no seu sapato, entende? Eu estava cansado de te pedir pra ficar, de me esparramar na sua frente e pedir pra você não ir. Eu estava cansado de te puxar pelo braço e te enfiar dentro do meu peito sempre que você colocasse ameaçasse colocar seus pés pro lado de fora, como se implorasse por seu amor. Reciprocidade não se pede, amor não se cobra. Eu estava cansado de tentar ser a sua fortaleza quando o que você queria mesmo era fugir. E só eu não percebia isso.

Foi então que decidi dar aquele empurrãozinho pra que você pulasse fora do barco e finalmente resolvi remar sozinho. Fiquei sabendo que você não soube que caminho seguir, mas o que você esperava que eu fizesse, te ensinasse a continuar sem mim? Claro que não! Da mesma forma que você precisou se virar sem mim, eu tive que me virar do avesso pra me livrar de você. E não foi nada fácil, viu? Você achava que eu iria te pedir pra voltar pra no, final das contas, você me dizer que estava indo embora mais uma vez? Se a sua vontade era partir, então que fosse imediatamente, que saísse da minha vida, por mais que eu desejasse que tivesse ficado, que se ausentasse do nosso amor, pois eu já não tinha mais forças pra sentir tudo por dois.

Se a vida é feita de escolhas, você fez a sua. E, no entanto, escolhi não ser obrigado a nada. Não ser obrigado a ficar em lugares nos quais eu não caibo, em pessoas que não me aceitam e em amores que não me pertencem.

FINAIS DOEM, MAS RECOMEÇOS CURAM

Hoje eu já não tenho medo de desistir de algo ou de alguém que não me faz bem ou com quem não me sinto inteiramente feliz. Eu não quero perder tempo com aquilo que não me acrescenta nada, com gente que não soma e com relações que não complementam minha vida. Depois de tanta roubada em que me meti, depois de tantas decepções e machucados, eu não tolero que mais ninguém entre na minha vida se não for pra me fazer bem. Se quiser ficar, fique pra me fazer sorrir, pra acreditar em mim e pra me tirar da rotina. Mas, também, se quiser ir, boa sorte. Não estou aqui pra implorar a alguém que permaneça comigo. Quem quiser que vá embora, por aqui o baile segue.

Me perguntaram por que eu desisti de nós, por que desistimos do nosso amor se tudo parecia tão lindo e tão intenso? O fato é que eu não desistir do amor, caramba! Eu desisti daquilo que nós viramos um para o outro, desisti daquilo em que o nosso amor se transformou, daquilo que estava longe de ser um sentimento bom. As pessoas achavam a gente o casal mais fofo do mundo, e a gente até mereceu esse título por um tempo, mas em algum momento as coisas desandaram. A gente não se entendia mais e o casal que as pessoas torciam pra que desse certo se transformou no casal que nós, eu e você, só colaborávamos pra dar errado.

Só eu sei o quanto chorei. Só eu sei o quanto doeu ver quem eu achava ser melhor coisa do mundo indo embora. Mas passou mais rápido do que eu imaginava que iria passar. Doeu muito por um, dois dias. No terceiro, talvez no quinto ou no trigésimo dia, você já não era mais a melhor coisa do mundo. Mais alguns dias depois, caiu muitas posições nessa lista, até que finalmente virou nada.

Ah, e tem outra coisa, foi te tirando da minha vida que eu aprendi o que era melhor pra ela. Nem sempre quem tá perto é a nossa melhor companhia. Algumas pessoas são melhores distante de nós, sabe? Às vezes a gente se engana, achando que precisamos tanto de alguém a ponto de acreditar que sem essa pessoa a nossa vida perde o sentido. Mas às vezes é justamente o contrário. É tirando certas pessoas da vida da gente que tudo começa a fazer sentido. Finais doem, mas recomeços curam.

EU ME APAIXONEI
PELO QUE INVENTEI DE VOCÊ

Pra ser sincero, acho que acabei me apaixonando pelo que inventei de você. É difícil admitir isso, mas acho que, no fundo, tudo o que me fez continuar com você por tanto tempo, suportando todas suas mentiras, foi a mania de projetar as minhas qualidades no outro. Foi essa minha teimosia em achar que o outro deve sentir as coisas na mesma intensidade que eu, mas, na realidade, as coisas nunca foram assim entre nós. Eu sempre fui aquele que se entregava mais, que estava sempre disposto a corrigir nossos erros, que estava sempre pronto pra enfrentar nossas quedas e sustentar sozinho nosso relacionamento. Acho que estes foram os principais problemas: minha mania de me iludir, meu erro de achar que você sentiria o mesmo que eu e minha esperança de que não superasse nosso fim tão rápido assim. E quando nada saiu como o planejado, eu sofri muito, sabia? Doeu ver que você demorou tão pouco pra me esquecer, enquanto eu ainda sentia tanto sua falta.

Acho que, no fundo, eu nunca me apaixonei de fato por você. Talvez eu tenha me apaixonado por um cara que nunca existiu, um cara que eu idealizei pra suprir tudo o que você não era, o que você nunca foi capaz de ser. Eu me apaixonei por tudo o que quis que você fizesse, mas você não fez. Eu me apaixonei por todas as nossas conversas cheias de interesses subentendidos, mas nunca admitidos, que eu achava ser alguma vantagem. Eu me apaixonei pelo vazio do seu olhar, e nos seus olhos eu me perdia, como se fosse importante pra mim, como se me fizesse bem. Eu me apaixonei pelas vezes em que achei que você iria me dizer alguma coisa, mas você acabava por virar o rosto; pelas vezes em que pensei que você iria torcer por mim, mas você acabava por ignorar minhas conquistas. Eu me apaixonei pelas vezes em que achei que você ia aparecer de surpresa enquanto a saudade me consumia, mas, no fim das contas, eu nem sabia onde você estava.

Acho que me apaixonei pelas ligações que você recusou e eu queria que você atendesse, porque o que eu tinha pra te falar era importante pra nós, sabe? Eu me apaixonei pelas mensagens que te mandei quando você sumiu, quando achei que alguma coisa tinha te acontecido, porque eu nunca teria coragem de sumir da sua vida, eu nunca seria capaz de fazer o que você fez comigo. Eu me apaixonei pelas ligações que nunca chegaram, pelas mensagens de bom-dia que você não enviou, pelo boa-noite que esperei pra só então me deixar pegar no sono.

Eu me apaixonei por cada filme que a gente não assistiu junto, pelas viagens nas quais eu não tive a sua companhia, pelas baladas da vida que você não me convidou pra te acompanhar e por todo o carinho e afeto que eu construí por você, mas você acabou por demolir. Eu me apaixonei pela expectativa de que você me procurasse, pela saudade que você dizia sentir, mas não era capaz de fazer qualquer coisa para matá-la.

    Eu me apaixonei pelos planos que não fizemos, pelo nome dos filhos que a gente nem chegou a discutir, pelas escolhas que a gente precisava tomar em algum momento. Casa ou apartamento? Campo ou praia? Gato ou cachorro? Eu me apaixonei pelo que você nunca me deu, pelas cartas que você nunca escreveu, pelas flores que nunca chegaram ao meu endereço, pelo "eu quero te ver" que você nunca me disse e pelo "fica só mais um pouco" que você nunca me pediu. Eu quase me apaixonei por você. E digo "quase" porque você nunca foi quem eu achava que era, e acho que nunca seria pra mim alguém que eu realmente merecia.

    Então eu te disse que estava indo embora, e o que foi que você fez? Você sequer questionou, sequer perguntou o motivo, e foi aí que eu tive a certeza de que você não era o cara por quem eu queria me apaixonar, porque o cara que eu inventei teria ao menos perguntado o motivo, teria olhado nos meus olhos e percebido que o que estava faltando era afeto e abrigo. E é por isso que eu acho que não me apaixonei por você, mas sim pelo que eu queria que você fosse. De todo modo, menino do jeito que você é, nunca chegaria a ser o homem da minha vida.

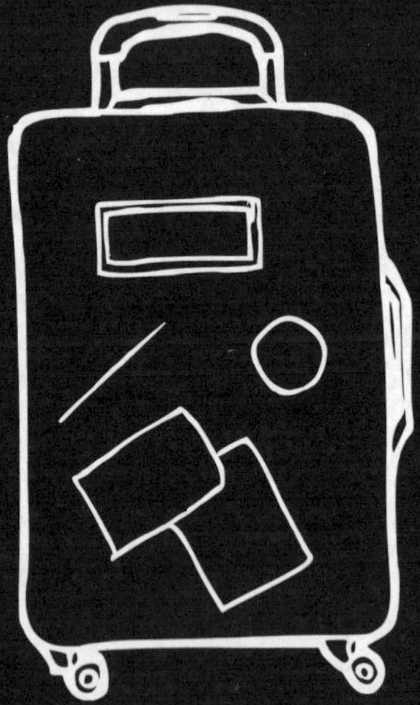

Se você está em dúvida sobre ir ou ficar, é porque, de alguma forma, sabe que está num lugar em que não deveria permanecer.

FOI DIFÍCIL ACEITAR O FATO DE VOCÊ TER SUPERADO O NOSSO FIM ENQUANTO EU SEQUER PENSAVA NISSO

Pois é, de repente, você já tinha superado. Ou ao menos era isso que parecia ter acontecido. E mais uma vez eu olhava o seu perfil no Facebook e me questionava por que eu gastava tanto tempo tentando te encontrar enquanto me perdia cada vez mais. O fato era que eu não fazia nada pra me impedir de te procurar, porque eu simplesmente não tinha aceitado que tudo entre nós estava acabado. Depois que a saudade passa, depois que a ficha cai e a gente se reencontra, tudo fica mais fácil. Agora é mais fácil pra mim falar que a gente acabou e é mais tranquilo dizer pras pessoas que eu te esqueci. Mas até chegar aqui doeu um bocado.

Senti seu perfume na fila no banco. No metrô bateu um pouco de saudade de ouvir a sua voz enquanto eu olhava pro lado de fora da janela e lembrava das nossas conversas. Deu vontade de te ligar no meio de uma das séries que a gente costumava assistir juntos, só pra saber como você estava. Esqueci como fazia o molho daquele macarrão que você me ensinou e quase enviei uma mensagem te pedindo a receita. Mas eu me segurei. Eu tinha que me virar sozinho.

Eu vi o seu sorriso naquela foto que você postou com os seus amigos e ele não parecia forçado ou fingido, parecia que você tinha realmente me esquecido, e isso doeu. Eu precisei fingir que tudo estava bem ainda que tudo estivesse fora do lugar. Tive que engolir o choro e fingir que não tinha nenhum resquício do nosso amor em mim quando me perguntavam sobre você. Pensando bem, pra te falar a verdade, acho o que sobrou em mim estava mais pra apego que pra amor. Precisei ignorar a minha vontade de te mandar mensagens e de te ligar pra dizer que você era um tremendo idiota e que eu estava arrependido de ter te conhecido, porque te conhecer acabou me mudando, e foi tão complicado pra mim me reencontrar.

Eu queria entender como você conseguiu se curar tão rápido de nosso fim, como você superou aquela nossa última conversa cheia de coisas mal resolvidas, como você aprendeu a lidar com o fato de que todo aquele nosso amor tinha acabado e como conseguiu seguir em frente, deixando alguém que você disse que amava pra trás, assim, num piscar de olhos. Eu mal tinha esquecido os nossos planos e você já estava construindo outros com pessoas diferentes. Enquanto você se acabava nas noitadas, bebia exageradamente e brindava o nosso fim com os seus amigos, eu ficava em casa, pesquisando nas suas redes sociais alguma nova publicação que me ajudasse a tomar vergonha na cara e, de uma vez por todas, dar continuidade a minha vida também.

E então me vi na obrigação de te deixar pra trás. Eu não tinha alternativa a não ser te esquecer e entender que a gente não era mesmo pra ser. Nós até conseguimos ter uma coisa boa durante algum tempo, mas agora tinha chegado o momento de partir. Tive que colocar um ponto final nessas reticências que eu insistia em acreditar, por pensar que em algum momento você desistiria de desistir da gente. Tive que te expulsar da minha vida, porque não fazia mais sentido manter algum pedaço seu dentro de mim já que você tinha me jogado fora.

QUANDO VOCÊ QUER FICAR, MAS LÁ NO FUNDO SABE QUE NÃO VALE MAIS A PENA

Eu queria estar contigo agora, mas ao mesmo tempo eu não quero mais. Queria poder te dar as mãos, andar contigo por aí sem ter hora pra voltar, mas eu simplesmente não tenho coragem de fazer isso. Queria poder ser hoje pra você aquilo que eu sempre fui por tanto tempo, intenso, inteiro e apaixonado, mas agora eu só consigo ser pouco, metade e medroso, graças a tudo o que você fez, ou melhor, graças a tudo o que você não fez.

Eu queria te ver, tirar um dia inteiro pra ficar com você, te tocar como se tivesse mil razões pra continuar com você, mas agora só consigo ter motivos pra ir embora. Eu queria poder dizer que ainda é amor, mas eu não tenho mais certeza disso. Não tenho certeza de nada, sabe? Eu queria de novo aquela confiança que eu um dia eu tive em nosso amor, mas só consigo ter receio por acreditar que não tenho como dar mais em em um relacionamento que teve tantas tentativas arruinadas. Eu queria dizer neste instante o quanto você é importante pra mim, queria poder fazer planos, sonhar ao seu lado e seguir a estrada pra realizar tudo aquilo que planejamos, mas hoje eu só consigo temer. Eu tenho medo de sonhar demais, de planejar demais, de continuar com você e mentir pra mim mesmo, por que eu sei que não há mais absolutamente nada que eu possa realizar contigo.

Eu queria poder dizer com toda minha sinceridade que eu te amo, mas em meio a tanto caos que você me causou, não sei se estaria sendo sincero comigo mesmo. Eu não queria te machucar, sabe? Mas fui obrigado a escolher, antes de tudo, não me machucar, mesmo que isso acabasse te causando algum desconforto. Queria poder aceitar os seus convites sem precisar pensar mil vezes antes de tomar uma decisão, mas só consigo te dizer pra deixarmos pra próxima. A verdade é que, quando eu te quero, sinto que o melhor é não querer, você entende? Eu não queria que as coisas chegassem a esse ponto. Meu desejo era que a gente fosse como aqueles casais que, independentemente de tudo, se realizam juntos, sabe? Pra falar a verdade, a cada dia que passa eu só consigo ter mais certeza de que não conseguimos ser mais um só, apesar de querer tanto que a gente fosse, porque parece que, quanto mais a gente tenta, mais nos falta fé pra isso.

Sabe quando você deseja ficar, mas sente que não tem mais espaço pra você ali? Quando você queria muito estar com aquela pessoa agora, mas lá no fundo sabe que não vale mais a pena? Então, é isso que eu sinto.

NEM SEMPRE O AMOR É SOBRE FICAR, E ESTÁ TUDO BEM

Parece masoquismo da minha parte falar sobre finais dizendo que "está tudo bem", não é? Mas vai por mim, o fim pode até ser desagradável, principalmente quando queríamos continuar, mas a gente precisa acreditar que vai ficar tudo bem, pois se não acreditarmos que as coisas vão se resolver, nunca vamos conseguir dar um passo à frente. Temos que parar de achar que desistir é sinônimo de fracassar. Desistir, às vezes, está muito mais relacionado a ganhar do que a perder.

Algumas vezes se trata de amor, de deixar ir, outras vezes não é nada disso, é só mesmo um livramento. Despedidas, sumiços e términos, em todos os casos, doem. E eu sei bem como é essa dor porque já passei por isso, já tive que abrir a porta pra alguém e ajudar a carregar as malas pro lado de fora, já tive que admitir que tinha acabado por mais que aquela cena de despedida me consumisse. O problema maior é que por muitas vezes eu tentei me despedir, por muitas vezes eu abandonei o barco, mas por conta daquela mania de acreditar tão intensamente que as coisas iriam dar certo, eu voltava do zero e recomeçava. E foi entre tantos recomeços que a dor se acumulou. Cada despedida significava uma nova ferida em uma parte diferente de nós. Mas finalmente percebi que o fim havia chegado. E não tem nada mais difícil do que olhar pra pessoa que você ama e reconhecer que acabou.

Eu já tive que deixar algumas pessoas irem embora e seguirem sua vida, e hoje tenho a certeza de que, por mais que tenham sido decisões difíceis, foram as melhores decisões que eu tomei. Que fique bem claro que deixar ir nada tem a ver com não amar mais, muito pelo contrário, às vezes ainda existe amor, só não existe mais a vontade de querer seguir em frente. Às vezes existe amor, só faltam todas as outras coisas pra que o amor faça sentido. Às vezes a gente vai embora justamente por existir só amor. E amor sozinho nunca foi o suficiente pra ninguém. Bom, pelo menos não pra mim.

E como é que a gente deixa ir embora alguém que a gente ama, assim, como se fosse algo tão simples? Não sei te dizer, mas a gente simplesmente deixa ir. Não tem como não sentir falta porque uma parte do outro acaba sendo esquecida dentro da gente. Preciso te dizer que vai doer pra caralho. E então você pode me perguntar o que fazer com a dor de deixar alguém que a gente ama pra caramba ir embora. E eu respondo que a gente não faz nada, só aceita.

AINDA BEM QUE A GENTE SE TRANSFORMA

É tão esquisito chegar num ponto em que você reconhece que acabou e, mais que isso, que acabar foi a melhor coisa que poderia ter acontecido. Você passa por todos aqueles conflitos, constrói um muro em volta de si mesmo pra tentar fugir do amor, acha que nunca vai encontrar alguém melhor e acredita que ninguém vai ser capaz de te resgatar do seu limbo e te reapresentar a sensação de estar apaixonado novamente. Chega a ser engraçado o tanto de bobagens em que a gente começa acreditar por medo de se envolver de novo.

Pra falar a verdade, acho que o problema não é se envolver mais uma vez, o problema mesmo são os términos, e o fato de pensar em começar algo envolve a probabilidade de ter de encarar um novo fim. Depois de um término, a gente sempre fica um pouco pessimista em relação ao amor, não é mesmo?

A verdade é que as coisas mudam enquanto o tempo passa. E ainda bem que a gente se transforma. Uma hora a gente aprende que não é porque não deu certo com determinada pessoa que não vai dar certo com nenhuma outra, não é porque alguém te machucou que o resto do mundo vai te machucar também. Uma hora a gente cansa de fugir do amor e volta pra nossa vida normal, aquela que sempre existe depois de um fim.

Sempre vai existir alguém disposto a fazer por você o que quem de desprezou não foi capaz. Sempre vai aparecer alguém que vai te fazer derrubar todos os muros que você construiu ao redor de você mesmo. Sempre vai chegar alguém que vai te reapresentar o amor, ou a paixão, ou qualquer sentimento que te faça se sentir livre, independentemente do tempo que esse alguém fique ao seu lado. Sempre vai aparecer alguém pra te ensinar que as relações, às vezes, são como uma garoa, não têm hora exata pra começar nem pra acabar. Às vezes chegam durante a madrugada, às vezes num fim de tarde, às vezes vão embora mais rápido que possamos imaginar. Acontece. E a gente não pode e nem deve se torturar por isso.

Um dia a gente aprende que algumas pessoas não valerão o nosso esforço. E é por isso que eu reforço: não perca o seu tempo tentando fazer com que alguém permaneça na sua vida, você não pode obrigar ninguém a ficar, você não é responsável pelas escolhas do outro, você não pode simplesmente achar que o outro deve ficar só porque você quer que seja assim. O outro precisa ficar apenas se assim quiser, caso contrário, você deve deixá--lo ir. E só então saberá a importância de se libertarem daqueles que querem partir.

A GENTE PRECISA URGENTEMENTE DESAPEGAR DESSA IDEIA DE QUE AMAR SIGNIFICA PERMANECER

Você sumiu quando tudo dentro de mim desmoronava e eu precisava ouvir sua voz para me acalmar. Por muitas vezes eu quis que você estivesse do meu lado quando me senti só. Eu quis que o nosso amor desse certo, eu queria você comigo e pensei que realmente estava ali. Da última vez que nos falamos você tinha dito que me amava e que poderíamos consertar todos os nossos erros juntos. Mas onde você estava quando eu te procurei? Onde você estava quando mais precisei de você?

Você ameaçava ir embora e depois voltava como se nada tivesse acontecido. Mas eu já estava cansado de abrir as portas pra você. Acho que você sempre teve certeza de que as portas estariam abertas todas as vezes que você quisesse entrar. Você tinha a confiança de que eu nunca iria me cansar, de que eu nunca iria embora e que te receberia incansáveis vezes. Você achava que poderia ir e vir quantas vezes quisesses, porque o bobo aqui estaria sempre disposto a te receber. Eu já tinha me acostumado com toda essa bagunça que você fazia, sumia e me deixava arrumando tudo sozinho, e você já tinha se apegado a isso.

    Me tornei mais uma opção pra você, uma alternativa que cogitava quando os seus planos não davam certo. Hoje me pergunto como eu me permiti ser usado dessa forma? Como fui cego a ponto de acreditar que você voltava porque ainda me amava, não porque só estava tentando encontrar coragem pra seguir em frente sozinho. A verdade é que a culpa pela sua covardia e pelas suas mentiras nunca foi minha. Jamais pensei que na primeira oportunidade que tivesse, você roubaria o único paraquedas, pularia e me deixaria só. Você pulou fora e eu fiquei. Mas posso dizer com toda certeza que ficar me fez pensar mais sobre nós dois, me fez concluir que você não me merecia tanto e que eu não precisava de você pra me reencontrar. Eu finalmente me encontrei, e depois que a gente se encontra, meu bem, a gente segue em frente sabendo o que quer.

    Pra ser sincero, é burrice continuar insistindo em um relacionamento que vai e volta. Se já foi, não tem por que trazer de volta, entende? Se já deu errado, não adianta a gente se empenhar para virar o jogo, porque isso só vai fazer com que a gente gaste as fichas que temos apostando em algo que já nem existe mais. Talvez não fosse mesmo pra ser. Talvez não fôssemos nós dois, nem a nossa história e nem amor. Talvez não fosse hoje e talvez nem seja amanhã ou depois. Vai saber. Talvez a vida tenha nos afastado e o tempo facilitado o nosso esquecimento, simplesmente porque não era pra nos reaproximarmos. Talvez tenha acabado porque realmente chegamos ao fim. Se foi rápido demais ou pouco o bastante pra duvidarmos do amor, não tenho como dizer. Acho que era pra ser só isso e, talvez, isso tenha sido tudo.

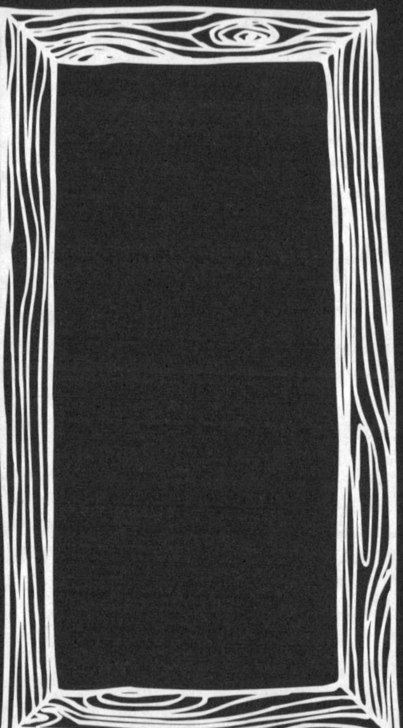

DEVERIA SER LEI. SE AMAR EM PRIMEIRO LUGAR SEMPRE, NÃO CORRER ATRÁS DE QUEM NÃO TE MERECE, NEM MENDIGAR AMOR DE NINGUÉM.

A GENTE NÃO DESISTE DO QUE QUER. A GENTE DESISTE DO QUE DÓI, DO QUE MACHUCA, DO QUE JÁ DESISTIU DA GENTE

"Acabou, cansei." Essa foi a última mensagem que te enviei, às duas da madrugada, depois de descobrir mais uma mentira sua. Eu estava cansado das suas trapaças, sabe? Eu estava cansado de continuar nisso e descobrir, a cada passo que dava, uma nova história mal contada. Eu estava cansado de perder meu tempo exigindo explicações, cansado de chorar e perder noites de sono te pedindo que me dissesse a verdade.

Você sempre jurava que não tinha feito nada e eu seguia acreditando que estava tudo bem, ou pelo menos que iria ficar tudo bem. Mas a verdade é que as coisas nunca estiveram bem. Aos poucos, fui criando um sentimento que, inevitavelmente, foi engolindo meu amor e ocupando um espaço cada vez maior dentro de mim, até que eu percebi que o amor que eu sentia por você não existia mais. Pouco a pouco ele foi sumindo, graças às suas mancadas e todas as suas mentiras. E antes que questionem o motivo de nosso amor ter virado pó, eu confesso que foi por insistência. Uma insistência maluca em achar que a gente ainda podia dar certo quando, claramente, as coisas já tinham saído do trilho. Insistência em não acreditar na realidade, em não aceitar o fim, em não admitir que acabou, que a gente não fazia mais bem um para o outro. Algumas pessoas acabam por estragar o amor que elas mesmo construíram, e foi isso que a gente fez.

Um dia desses me perguntaram por você, disseram que tinham algo pra me contar, como se os assuntos relacionados a você ainda me interessassem, e antes que começassem a falar da tua vida tratei de responder: "Não me interessa, já enterrei". É assim que tenho tratado você. Me desfiz completamente, já fiz a missa de sétimo dia, enterrei a quilômetros de distância e não lamento sua perda com flores e lágrimas, porque um dia alguém me disse que quando nos livramos de um machucado não choramos mais pela dor que ele nos causou, apenas comemoramos por ter sarado. E é isso o que tenho feito.

TALVEZ HOJE, TALVEZ AMANHÃ, MAS NO FIM DAS CONTAS A GENTE SEMPRE FICA BEM

Vai passar. Essa é a única coisa que eu posso te dizer agora. Sempre passa. Talvez não nesse instante, amanhã ou nas próximas semanas. Talvez ainda demore alguns meses ou um ano. Talvez demore até mais do que você gostaria, não temos como saber, isso é imprevisível. A única coisa que eu sei, entretanto, é que quando você menos esperar vai estar tudo bem de novo. É sempre assim, você mal percebe e a dor já está indo embora. Daqui a um tempo você vai acordar com o coração mais leve e vai entender que tudo aconteceu com um propósito. Nenhuma dor veio em vão, toda decepção que você viveu tinha um motivo, cada ilusão em que você se envolveu tinha um objetivo. Ainda que as coisas não tenham acontecido exatamente como você queria, certamente tudo isso te levou a algum lugar, e eu espero que esse lugar seja o melhor pra você agora. Cada vez que você pensou em desistir, mas insistiu; cada passo que você deu meio insegura, mas voltou atrás; cada tentativa de fazer com que tudo desse certo, mesmo quando tudo parecia conspirar contra; todo o crédito que você depositou nessa uma relação serviu para que você compreendesse o significado de ficar e a importância de ir embora. Espero que, como eu, por mais que tenha sido muito dolorido, você tenha aprendido.

Eu sei o quão difícil é ver alguém indo embora e não poder fazer absolutamente nada para impedir, porque todo o esforço que você podia fazer você já foi feito, todo o desgaste já aconteceu. E então o que sobra é abrir a porta e acenar um adeus fingindo estar tudo bem. A gente tenta entender por que é que, ainda que a gente acredite no amor, as pessoas continuam indo embora. Talvez *ir* também faça parte do amor, e a gente é que nunca conseguiu se acostumar com isso. Talvez o amor esteja além dessa ideia de permanecer em qualquer hipótese. O amor está além desses achismos baratos, a gente tem uma mania boba de idealizá-lo demais, de achar que só se parte da vida de alguém quando o amor acaba. Na maioria das vezes, é realmente isso que acontece, mas também acontece de a gente abandonar a viagem mesmo com o amor abarrotado nas bagagens, é possível que a gente siga outro rumo mesmo com o amor marcando a nossa rota, a gente simplesmente não liga mais, mesmo que o amor apareça em forma de notificação na tela do celular e nos lembre que ele ainda está ali, vivo, só não acontecendo mais.

Você pode estar se perguntando o que há de errado com você, mas acredite que está tudo bem. Você vai superar isso. Por mais que esteja doendo e que agora pareça que o seu coração foi jogado em uma frigideira, no fundo está tudo bem, você só não consegue enxergar isso ainda. Mas quando essa dor passar, você vai se dar conta de que desistir de alguém não é fracassar, para cada fim existirá um novo recomeço, e você vai precisar recomeçar sozinha. Se não hoje, amanhã ou depois, só não perca muito tempo, tá bem?

DEPOIS DE UMA DECEPÇÃO NÃO EXISTE SENSAÇÃO MELHOR DO QUE O REENCONTRO CONSIGO MESMO

Já passou um tempo e com ele passou também toda a dor. Eu cheguei a dizer que nunca mais escreveria sobre você, pois eu precisava respeitar minha dor. Eu precisava de um tempo pra pegar as minhas malas, mudar o meu destino e seguir uma viagem da qual você não fizesse mais parte. Eu precisava aceitar que o assento ao meu lado estaria vazio e, com isso, eu poderia estender minhas pernas e seguir mais confortável. Eu precisava compreender que no sofá não existiria mais você, que o lado da cama que um dia foi seu ficaria vazio, que nos meus sonhos não tinha mais espaço pra você. Eu precisava perceber que eu tinha a obrigação de preencher com um pouco de mim todos os espaços e cômodos que ficaram vazios depois que você se foi. Não sei te dizer quanto tempo demorou exatamente, só posso te falar, com toda certeza, que eu estou bem melhor comigo agora.

Eu realmente disse que não escreveria mais sobre você, mas vou ter que furar a minha promessa. Eu preciso escrever só mais essa vez. Eu preciso disso pra me despedir de uma vez por todas. Não necessariamente me despedir de você, mas sim de tudo aquilo que fui a seu lado. O que eu quero dizer com isso é que eu estou me despedindo daquela pessoa desesperada por amor, que implorava por atenção, que corria pelas avenidas do seu corpo tentando encontrar um cantinho pra fugir da chuva. Eu quero me despedir daquela pessoa que fugia de si mesma pra tentar ficar bem no outro. Agora eu sou mais a chuva que um falso aconchego. É assim que vou ficar bem.

Aprendi, nesses dias sozinho, que o amor é um sentimento espontâneo, sabe? Ele simplesmente acontece, e tem de ser recíproco, pois se não for vira só uma insistência sem fundamento de um dos lados, enquanto o outro já não se interessa mais. Quando existe amor, há sempre um desejo de querer estar.

Tudo o que eu quero é me despedir daquilo que eu era com você, das sessões de cinema à tarde, do sorriso que eu forçava pra fingir que nada mais doía, das lembranças que construímos e que hoje me parecem tão vazias. Quero me despedir também daquela aceleração no peito que rolava quando estávamos nos conhecendo e que acabou se transformando em nervosismo e medo no final. Isso tudo aqui é só pra me despedir do que eu fui com você e por você, da pessoa que demonstrei ser enquanto estava contigo. Acho que a gente precisa entender o momento de se despedir, de dar adeus a tudo o que éramos com alguém.

Mas, veja bem, isso não significa que de uma hora pra outra eu vou conseguir esquecer o gosto do seu beijo, o timbre da sua voz e os seus gestos. No entanto, em algum momento precisamos tirar toda aquela culpa que carregamos e dizer pra nós mesmos que temos que seguir em frente, deixando algumas coisas pra trás. Existem pessoas que demoram meses ou anos pra cair na realidade e se despedir de alguém. Algumas pessoas não conseguem esquecer, mas outras querem e precisam fazer isso, como eu.

    Eu quero e vou olhar para mim como alguém pronto para dar e receber amor, com outros olhos, sendo outra pessoa. Me despeço de você e de tudo aquilo que ficou emaranhado em minha garganta. Quando sobrar um tempo, falamos alguma hora, em algum café da cidade. A vida vai nos ensinando, quem um dia foi o nosso porto seguro pode acabar por se tornar um lugar frio e vazio. Com o tempo a gente aprende que nem todo mundo vai permanecer sendo nosso ninho e que nem todo lar será eterno.

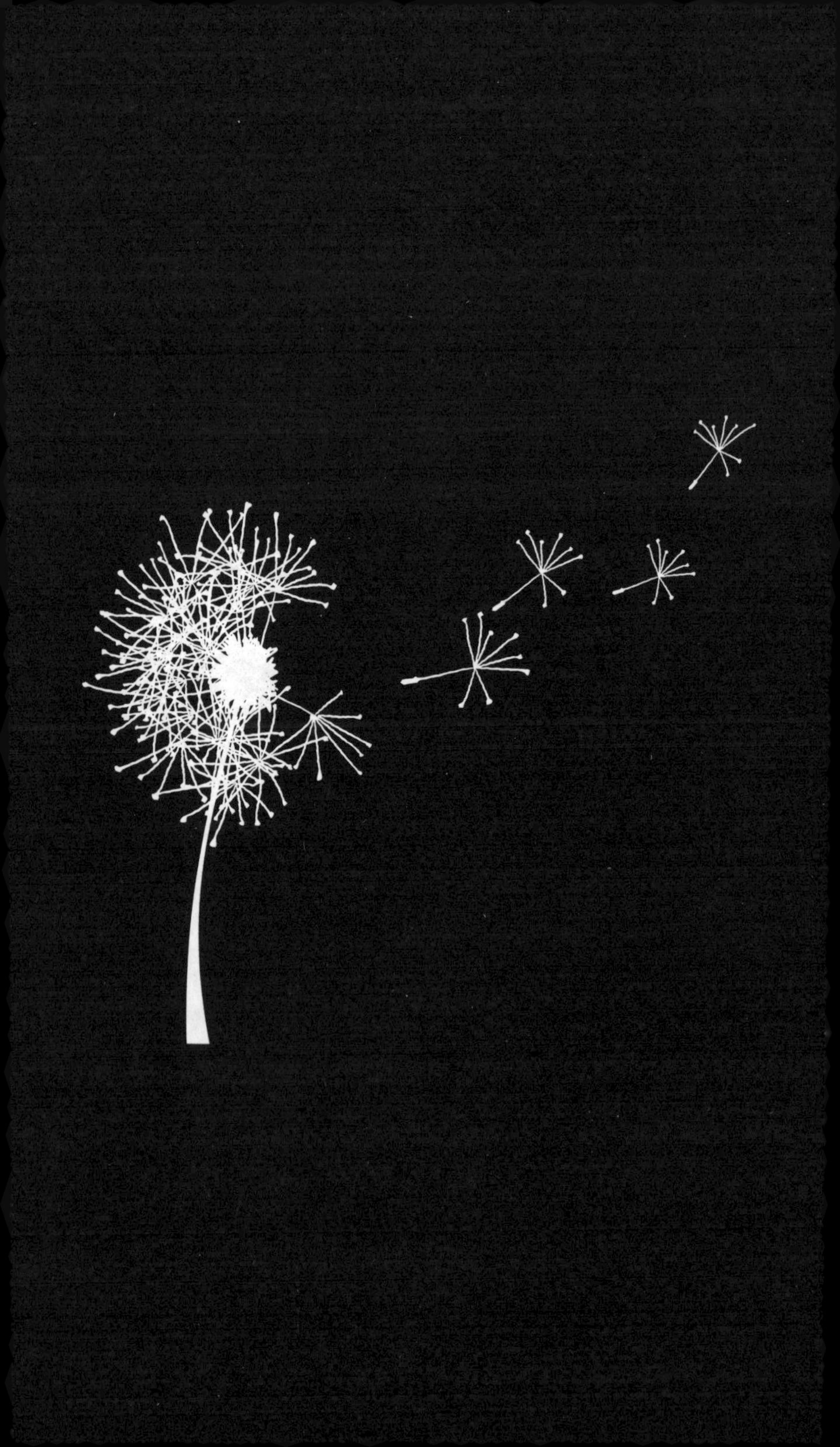

PROVAVELMENTE AQUELA
PESSOA QUE
TE CONFUNDIU
E TE MACHUCOU
SURGIRÁ
DO NADA NA TUA VIDA
QUANDO VOCÊ
ESTIVER BEM.
MANDE-A SE FODER!

NÃO SE COBRE TANTO, VOCÊ DEU O SEU MELHOR

Se não formos transparentes, sinceros, respeitosos, afetuosos e dedicados, as relações, de alguma maneira, se dissolvem no ar, murcham e secam como uma rosa quando tirada de seu galho. Mas, às vezes, por mais que a gente tente ser tudo isso e mais um pouco, a relação chega ao fim. E isso acontece porque as pessoas são imprevisíveis. Depois de tantos finais e términos que sequer aconteceram, aprendi que as coisas não dependem somente de mim, sabe? Eu não preciso carregar o peso de um término sozinho. Na verdade, eu nem preciso carregar o peso de algo que acabou.

As pessoas são diferentes e enxergam as situações de forma distinta. Cada uma tem sua perspectiva e lida com o fim de maneira também diferente.

Sempre que alguém vai embora da minha vida, eu me pergunto: "Por que eu vou me desgastar por isso? De que adianta ficar lamentando?". E por mais que alguns finais sejam muito doloridos, por mais que alguns términos me deixem com aquela sensação de que o chão desapareceu, eu não vou e nem posso ficar sofrendo por isso. A melhor maneira de curar uma dor é seguindo em frente. O melhor caminho para superar um fim é aceitando os fatos.

Às vezes as relações acabam sem que o término seja oficializado. E tá tudo bem. A gente precisa aceitar que as relações acabam porque se liquidificam. Escorrem pelas nossas mãos sem que a gente sequer perceba. Quando notamos, já acabou. Nem sempre é fácil aprender a aceitar, o processo é longo e enquanto não conseguirmos entender isso, vamos sentir um bocado de dor. O fato é que quando aceitamos os finais, passamos a nos frustrar menos. E isso acontece porque, em vez de ficarmos depositando nossos sonhos e planos no que já terminou e lamentando por não ter sido da maneira como imaginávamos, entendemos que vivemos naquela relação tudo o que tinha para ser vivido. E assim aprendemos a valorizar a experiência que tivemos, a aceitar que acabou, mas que foi bom enquanto durou. E se não foi bom, melhor ainda que acabou.

Bola pra frente, a gente não precisa parar no tempo por conta disso. Você não precisa se desgastar por ter dado tudo de si e, mesmo assim, tudo ter acabado. Você não precisa se cobrar tanto por algo que não deu certo. Alguns finais acontecem justamente pra que você aprenda que não se pode amar por dois, tentar por dois, viver por dois. Não se cobre tanto, você deu o seu melhor.

Pessoas vão sumir da sua vida. Pessoas vão fugir de você. Aceite isso e tenha paciência.

HÁ SEMPRE UM RECOMEÇO TE ESPERANDO DE BRAÇOS ABERTOS

Terminamos. Foi melhor assim, a gente sabia que não dava mais e já tinha passado da hora de cada um seguir seu caminho, seus planos e seus objetivos. Não vou mentir e dizer que não doeu, não vou fingir que fui forte o tempo todo, nem tentar disfarçar as vezes que fugi pra não encarar a realidade. Acho que todo fim é assim, não é mesmo? Parece que a gente fica com dez quilos em cada perna e correndo contra o tempo. E quanto mais a gente corre pra esquecer, mais longe a gente fica de conseguir deixar aquilo pra trás.

Outro dia tocou a nossa música numa festa e eu não soube lidar. Minha vontade era de sair dali, voltar pra casa e apagar aquele momento da minha cabeça, mas decidi encarar o fato de que você não estava mais lá, cantando sem afinação aquela música e me desafiando a dançar no seu ritmo. Escolhi continuar, afinal, nós é que fazemos cada momento, não é?

No fim daquela noite, esbarrei com um de nossos amigos em comum, ele me perguntou se estava tudo bem, como se faltasse alguma coisa, sabe? Senti naquele tom de voz que ele queria saber por que você não estava lá, do meu lado. Quase pude ouvi-lo dizendo: "Porque vocês não voltam? Acho que vocês ainda se amam". Me calei por uns segundos, pensei em corrigi-lo e dizer que não era mais amor, mas você sabe, é difícil mentir no meio da madrugada de uma festa *open bar*. Mas como é que a gente explica que, às vezes, só o amor não é o suficiente?

Não foi fácil aceitar que a nossa história tinha dado errado, que "nós" não existíamos mais e que todos aqueles planos que fizemos juntos também tinham ido por água abaixo. Eu acreditava que a gente podia ir mais longe, sabe? Mas, por algum motivo, a gente não fazia mais sentido nenhum. De repente, o barco foi afundando e, em vez de nos esforçamos pro nosso amor não naufragar, cada um saltou pra um lado. Tudo bem, a gente se perdeu e algumas coisas saíram dos trilhos, mas eu não tenho dúvidas de que, em algum momento, foi amor.

Eu sempre soube que a gente precisa ser forte pra encarar as tempestades da vida, mas enfrentar o fato de que você não iria mais fazer parte da minha vida, foi punk, foi péssimo. Se despedir de um amor sempre é foda. Então, quando me perguntam o motivo do nosso fim, eu simplesmente sugiro assuntos mais interessantes para a conversa. Quando me questionam se ainda existe amor, eu costumo dizer que, pode até existir algum resquício de sentimento aqui dentro, mas vontade alguma de te ter de volta.

Esse afeto que tenho por você é algo que construí com base nos momentos e boas lembranças que vivemos. Pode até ser saudade, mas não é um querer de volta. Primeiro, porque acredito que vivemos o que poderíamos viver juntos, e, se faltou alguma coisa, que o universo então conspire a nosso favor. Se restou alguma pendência, ou se esse sentimento um dia poderá voltar, não sei te dizer. O que eu posso contar é que eu estou bem agora, a minha presença por si só está me fazendo um bem danado e eu espero que, em algum lugar desse mundo, você também esteja bem.

NÃO TENHA MEDO DE FICAR SOZINHO

Eu me apeguei tanto a uma relação abusiva que cheguei a acreditar que eu dependia totalmente da outra pessoa. Pensei que jamais conseguiria me relacionar novamente e que não teria forças para realizar meus sonhos. Era como se a outra pessoa fosse o meu alicerce, sabe? Esse foi um dos piores erros que cometi, dos mais doloridos, mas foi com ele que aprendi que minha força está dentro de mim, que meus sonhos e planos dependem exclusivamente de mim, da minha força de vontade. Aprendi que a gente não deve depositar tantas expectativas no outro a ponto de torná-lo alguém mais importante na nossa vida do que nós mesmos. Nenhuma outra pessoa deve ser a nossa base, não devemos depositar nossas metas em ninguém além de nós mesmos. Nenhuma outra pessoa deve ser nosso guia, nossa sustentação, tudo isso tem de estar dentro de nós mesmos, ainda que insistamos em jogar toda essa responsabilidade pra alguém. A obrigação de nos fazer felizes é nossa, não do outro.

Eu tinha uma séria dificuldade para entender isso, sabe? E por não entender, constantemente eu me perdia, me via num buraco sem fim, me jogando num penhasco, sem saber quando aquela sensação de solidão ia passar. Foi difícil pra mim colocar um fim definitivo nessa relação. A toda hora eu me questionava, me perguntava até quando eu iria conseguir suportar o vazio que a ausência dele me causava. Coisas simples como tomar um sorvete, ir ao cinema ou ir festas sozinho acabaram se tornando um peso pra mim. Eu sentia que faltava algo, que nada tinha a mesma cor, o mesmo sabor ou o mesmo significado, entende? Eu não entendia que a minha felicidade não dependia do outro, mas, sim, exclusivamente de mim. E por não entender isso, eu não conseguia valorizar a minha própria companhia, eu sequer conseguia me enxergar.

A gente tem mania de buscar no outro aquilo que admiramos em nós mesmos, e é nessa busca incansável que a gente acaba, muitas vezes, se frustrando. Um dos maiores erros que a gente costuma cometer é achar que o outro é o motivo do nosso bem-estar, que a nossa satisfação está totalmente nas mãos de outra pessoa, e foi pensando assim que acabei depositando a responsabilidade por minha felicidade em alguém que que não merecia.

A qualquer momento, as pessoas podem sair de nossas vidas, e, se não aprendermos a lidar com isso, todo fim vai ser como um novo soco no estômago. A gente precisa entender que as pessoas vão embora, e que às vezes isso acontece para o nosso próprio bem, para o bem da nossa estabilidade emocional. E o mesmo vai acontecer conosco, vamos precisar ir embora de algumas pessoas também. A vida é assim.

Demorou muito até eu entender que poderia muito bem aproveitar as coisas doces e amargas da vida na minha própria companhia, até eu compreender que conseguiria viver muito bem sozinho, que não precisaria de ninguém pra acordar de manhã cedo e me sentir inteiro. A verdade é que eu sempre estive inteiro, só não conseguia enxergar isso. Até reparar o meu eu e aprender que com ele eu poderia me sentir realizado, enfrentei toda a dor. E uma hora ou outra a gente precisa enfrentar nossas tempestades de frente, sabe? Não vai adiantar correr pra longe, esperando o momento dela passar. Às vezes a gente precisa botar o peito para fora, reconhecer nossas cicatrizes e carregar nossas marcas como lições.

A vida lá fora, depois de um término doloroso, dependerá da maneira como estamos dispostos a enxergá-la. E, se nós não dispusermos a abraçar e superar a nossa dor, ninguém vai fazer isso por nós. E não tem problema algum se você quiser ficar sozinho, não se relacionar e direcionar todo o seu amor para si e para as pessoas que te fazem realmente bem. Você não precisa estar sempre em uma relação. Você só precisa estar bem e fazer bem. Isso você faz muito bem sozinho. Acredite, você se perde por alguém, mas você se encontra por você. E, no final das contas, depois que se reencontra, você não se perde por mais ninguém.

NUNCA SE ENVOLVA COM ALGUÉM QUE AINDA ESTÁ ENROLADO COM O EX, VOCÊ NÃO MERECE ENTRAR NESSA CONFUSÃO

Sempre fui muito teimoso, e não era nas relações amorosas que eu iria deixar de ser. Quando superei o término do meu mais longo relacionamento, após um ano, reabri o peito e a vida pra receber novas pessoas. Mas pra isso acontecer, talvez tenha demorado mais tempo do que imaginei que fosse preciso. Entretanto, uma coisa que eu nunca quis era machucar alguém com essa minha bagunça, sempre fui responsável com os sentimentos do outro, por mais que as pessoas pouco se importassem com os meus.

Foi nessa fase da minha vida que aprendi um pouco mais sobre relacionamentos e todo o significado de ficar ou ir embora, sobre a enorme diferença que existe entre querer e precisar.

Acho que em muitas relações a gente sempre precisa escolher entre duas opções, sabe? Algumas vezes você vai se pegar entrando em uma rua sem saída, amando e se importando demais com uma pessoa que pouco se importa com você, e é nesse momento que precisa escolher entre ficar com ela, porque talvez possa vir a gostar de você, ou deixá-la, porque você precisa, antes de tudo, ser sincero com os seus sentimentos.

Você precisa escolher entre perder o seu tempo correndo atrás de alguém ou usá-lo pra seguir seu próprio caminho. Escolher entre se desgastar quando não houver mais sentido pra continuar ou abrir mão de uma relação já vazia. Muitas vezes você vai precisar escolher ser egoísta e se poupar, em vez de pagar de teimoso e quebrar a cara. Ah, e existe uma diferença enorme entre ser intenso e ser insistente, viu?

Eu, por exemplo, quebrei muito a cara depois que escancarei o peito pro mundo. Mas paciência, não é? Eu não vou me trancar por medo de me relacionar. Se as pessoas não conseguem ser sinceras, transparentes e empáticas com o outro, isso não é o problema meu. Foi me envolvendo que descobri um pouco mais sobre as pessoas e todo esse tumulto de gente que se encontra e desencontra a todo momento. No início, eu me assustei, confesso. Foi complicado pra mim, depois de terminar um longo relacionamento, dar de cara com a realidade do lado de fora, um temporal de pessoas pregando o desapego, defendendo o amor livre com unhas e dentes, mas ao mesmo tempo perdidas, tatuando "resiliência" no punho. Nada contra o amor livre. Eu até acho que o amor precisa ser solto, leve e livre, não faz sentido amor ser prisão. Mas é que ideia de liberdade que muitas pessoas possuem consiste em puro egoísmo. Liberdade pra elas, prisão pro outro, sabe? Peito aberto, pessoas entrando e saindo na mesma frequência, pegando tudo aquilo que queriam e indo embora, devolvendo suas frustrações e trocando por momentos de conforto. As pessoas se aproximavam, mas logo sumiam, assustadas com o aviso no produto: "Cuidado. Intenso demais.". Se você é intenso ou seguro demais, as pessoas se assustam. Se você é medroso demais, as pessoas também não vão querer ficar por perto. E não tem como pedir pra que ninguém fique, sabe? Inevitavelmente vão fugir de você, como você também, um dia desses, vai fugir por algum motivo qualquer.

Outra coisa que aprendi nesse ciclo foi que eu não mereço pagar pelas confusões de ninguém. E isso vale pra você que, por exemplo, já se relacionou ou pensa em se relacionar com alguém ainda não superou o ex. Meu conselho é que você nunca se envolva com alguém que está envolvido em uma relação passada. Você não merece entrar na confusão dos outros. E não pense que vai conseguir organizar esse caos, porque, provavelmente, quem vai sair todo bagunçado dessa situação é você.

Entre uma dor e outra, uma decepção aqui e um machucado acolá, não vou e nem posso me trancar por ninguém. Eu nasci pra ser intenso e sentir tudo ao mesmo tempo, tanto coisas boas quanto enganos. Mas insistente, jamais! A insistência é sinônimo de teimosia, e o amor não combina com isso. Com o tempo a gente vai aprendendo a encarar as contrariedades e seguir vivendo. A vida é assim mesmo, não é?

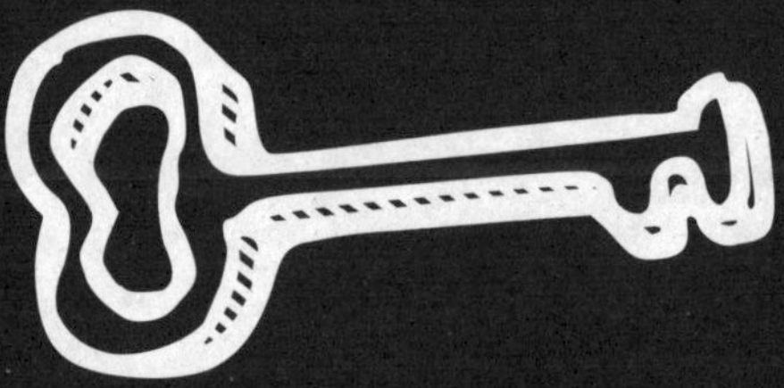

NÃO É PORQUE ALGUÉM
TE MACHUCOU
QUE TODO O RESTO
DO MUNDO
VAI TE MACHUCAR
TAMBÉM.

TALVEZ A BELEZA DA VIDA SEJA A IMPERMANÊNCIA

Muita gente entrou na minha vida e muita gente também saiu dela. Algumas pessoas entraram e plantaram uma semente, outras vieram para destruir todo o jardim. Por mais que a gente tente fazer as coisas darem certo, elas não dependem só do nosso esforço, e algumas pessoas entram na nossa vida apenas para nos ensinar algo, ainda que essa lição seja em forma de um machucado que leva um tempo pra ser curado.

Nós nunca estamos preparados pro fim, mas o fato é que não vamos morrer por conta do término de um relacionamento. Muito pelo contrário, dependendo do nosso ponto de vista, é capaz que a gente amadureça pra caramba depois de um término. Um dia a gente aceita o fato de que as pessoas são e sempre vão ser diferentes de nós, não tem como personificar o outro ou moldá-lo no formato que imaginamos que seria ideal pra gente. Se você acha que pode fazer isso, certamente vai acabar se frustrando.

Ao longo do caminho nós vamos encontrar pessoas interessantes, mas que estarão em momentos diferentes do nosso, e também vamos esbarrar em pessoas péssimas. Esses encontros e desencontros são praticamente inevitáveis, só nos resta aceitar que as coisas podem não sair como o planejado, mas que no fim sempre fica tudo bem.

Eu já me culpei bastante, sabe? "Se eu sou alguém tão foda e interessante, por que as pessoas que têm a sorte de me ter simplesmente estragam tudo?", eu vivia me questionando. Eu esbarrava na realidade desse mundo e não era capaz de me enxergar.

A todo momento vemos pessoas preocupadas em praticar o desapego, aderindo ao movimento de não demonstrar afeto. Elas não respondem as outras simplesmente porque não querem demonstrar que estão a fim. Não atendem a ligação antes da terceira chamada, não convidam o outro pra assistir a um filme ou jogar conversa fora numa mesa de bar, mesmo que haja interesse. E não fazem nada disso apenas para não parecer que estão interessadas. As pessoas não se preocupam mais com umas com as outras, mas essa realidade nunca me convenceu, nela eu nunca me encaixei.

Nesse sentido, as pessoas são muito diferentes de mim e, ao mesmo tempo, parecidas entre si. E era por isso que eu me culpava. Eu sempre me senti diferente da maioria, sabe? Sempre me preocupei com os sentimentos dos outros, sempre me propondo a ser alguém importante na vida de quem está a meu lado, mesmo que só por um breve período. Eu sempre tive essa necessidade de tentar ser alguém importante na vida das pessoas, de me esforçar por elas e ser inteiramente sincero, dizendo o que eu sinto antes de sair de suas vidas. Mas, no final das contas, as pessoas não eram claras comigo, me ignoravam e sumiam sem sequer deixar mensagem. Além disso, algumas até reapareciam um tempo depois só pra me confundir ainda mais. E é nesses momentos que a gente, que não se encaixa nesse padrão de não demonstrar interesse, se culpa por ser alguém tão grande em uma prateleira de pequenos corações em liquidação e acaba por quebrar a cara.

Olhando bem, tudo é efêmero, seja isso bom ou não. E talvez a beleza da vida seja a impermanência. Às vezes algumas pessoas vão embora e, um tempo depois, você descobre que foi a melhor coisa que podia ter te acontecido. Eu prefiro pensar assim e lidar com os finais dessa maneira, sabe? Não vale a pena se culpar só porque as pessoas não conseguem enxergar o seu valor. Acho que você, assim como eu, sempre esteve além do que a maioria das pessoas consegue ver.

A MELHOR COISA QUE ME ACONTECEU FOI TER ME LIVRADO DE VOCÊ

Não estou cuspindo no prato que comi, mas, depois que consegui me livrar de você, comecei a me questionar por que diabos fiquei por tanto tempo ao seu lado. Ou melhor, por que fiquei tanto tempo atrás de você? Por que desperdicei tanto da minha vida tentando consertar seus erros, desculpando-me pelos erros que você cometeu e me condenando por coisas das quais nunca tive culpa? Eu fui ingênuo demais ao acreditar nas suas palavras, ao atender suas ligações tentando me convencer que tudo ficaria bem. As coisas nunca ficaram bem, a não ser pra você.

Eu errei ao insistir em falar com você todas as vezes em que me pediu pra sumir, ao te dar sempre uma nova uma chance todas as vez em que você me jogava pra escanteio. Eu errei ao acreditar que ainda existia amor entre nós, e que por conta disso eu jamais deveria ir realmente embora. Acreditei tanto no amor que você um dia disse sentir por mim que desacreditei no meu próprio. Foram muitas as vezes em que pensei em acabar com tudo e seguir sozinho porque sentia que você já não me fazia bem. Eu queria que realmente você fosse aquela pessoa que eu conheci, que me fez superar todos os meus medos e acreditar que a gente daria certo, mas, por fim, você se tornou alguém péssimo demais pra amar.

Não sei o que aconteceu no meio do caminho, mas acho que a gente se perdeu assim como tantos outros casais se perdem por aí. E, por mais que algumas pessoas insistam em se reencontrar, a vida acaba por ensinar que, às vezes, o melhor que pode acontecer é elas nunca mais se esbarrarem. E essa insistência em fazer dar certo, considerando que só eu me esforçava pra isso, acabou por me machucar demais.

Eu te vi levando outras pessoas nos mesmos lugares que você costumava me levar. Eu te vi curtindo com outras pessoas as bandas que eu te apresentei. Eu te vi sorrindo sem mim aos finais de semana, ouvi você dizer que estava se envolvendo com alguém e li a mensagem que você me mandou dizendo pra eu te esquecer. Tudo isso doeu um bocado, mas eu sabia que iria passar, que eu precisava aceitar o nosso fim e acreditar que dias melhores estavam por vir. Aceitando as decepções, a gente entende que precisa urgentemente seguir em frente, e seguindo em frente a gente fica bem.

No fim das contas eu fiquei bem. Quando todo o desconforto passou e agradeci por você ter ido embora, ou melhor, por eu não ter, mais uma vez, voltado atrás. Eu precisava parar de te dar todas as chances no mundo e, de uma vez por todas, me dar a chance de viver sem você, de sorrir sem você, de me amar sem me submeter ao seu suposto amor. E, olha, pensei que nunca iria dizer isso, mas a melhor coisa que me aconteceu foi ter deixado de te amar.

QUANDO PEDIMOS PARA QUE NOS AMEM, É PORQUE FALTA AMOR DENTRO DE NÓS

Em algum momento você vai entender que não precisa implorar por amor. Talvez você não compreenda isso hoje, mas um dia você vai perceber. Eu também implorei há uns anos atrás, quando achei que me diminuir pra caber em alguém era o gesto mais nobre que eu poderia fazer, mas depois de um tempo percebi que tudo o que pensei que era amor, na verdade, não passava de um apego.

Um dia você entende que o amor não exige certos sacrifícios. Você não precisa perder noites de sono implorando pra que o outro atenda suas ligações pra explicar uma ausência, ou pra que te enxergue, te assuma, te dê a atenção que você merece. O amor não precisa ser dificultoso, não tem que doer, não tem que ser implorado. O amor tem que ser recíproco.

Não é amor quando você se autossabota, quando não acredita em si mesmo, quando não consegue sorrir pra si e enxergar a beleza do mundo lá fora com o olhar de quem está satisfeito consigo mesmo. Não pode ser amor quando você precisa lidar com a sua ansiedade, porque não se sente seguro ao lado de alguém que só mente pra você. Não é amor quando você se anula, quando se joga de escanteio e acredita que não merece mais do que o pouco que te dão. Não é amor quando você endeusa atitudes rasas, quando você aceita migalhas em nome do amor e mente pra si mesmo achando que vai ficar tudo bem. Você sabe que não vai ficar nada bem, que, no fundo, esse suposto amor é como um muro alto que te impede de ver que existe vida além dele e de acreditar que você pode ser feliz fora dali.

Você não precisa pedir pra que o outro fique, implorar pra que siga ao seu lado ou pra que continue na sua vida. Você não precisa de nada disso pelo simples fato de ser quem você é: inteira, intensa, abarrotada de qualidades, encantos que saltam do seu peito e com um sorriso que traduz o verdadeiro significado de felicidade. Você sempre foi independente, só não consegue enxergar isso agora. Às vezes a gente mente pra nós mesmos dizendo que merecemos aquilo que não precisamos, mas acontece que não devemos implorar por nada, muito menos por amor.

Quando pedimos para que alguém nos ame é porque falta amor dentro de nós. O que eu aprendi com isso foi que, associar o amor à súplica é uma armadilha que nos tortura e nos mantém cada vez mais distante de nós mesmos.

NÃO SE ACOSTUME COM O QUE TE MACHUCA

Foi por mensagem que ele me contou que tinha conhecido alguém, que essa pessoa estava lhe fazendo bem e que achava que estava se apaixonando por ela. E não sei explicar bem o que foi que eu senti naquele momento, mas todo o meu disfarce de indiferença caiu por terra. O peito acelerou, a garganta prendeu o grito, a saudade apertou o peito e quase me cobrou dizendo: "Eu te disse que você deveria falar que sentia falta dele".

Mas dentro de mim algo dizia que eu não deveria me abater, que eu tinha de permitir que ele se tornasse apenas mais uma parte de meu passado. Eu tinha decidido seguir em frente, sabe? Porque todas as vezes em que tive medo de andar sozinho, voltei em busca de afeto e nunca encontrei. Todas as vezes em que acreditei que as coisas iriam ficar bem, que o nosso amor iria parar de doer, sempre acabei por me arrepender. Porque nada nunca parecia estar bem. Aquela dor não parecia passar nunca.

De todas as marcas que eu tive que cicatrizar, essa foi a que mais me causou dor. Dói ver alguém com quem você fez planos fazendo o mesmo com outra pessoa. Talvez até planejando as mesmas coisas que planejou com você. Dói ter a noção de que aquele alguém que um dia fez em você o melhor cafuné e te confortou em seus piores momentos agora deve estar acolhendo uma outra pessoa qualquer. E tudo isso faz com que você se questione: "Será que ele está mesmo feliz? Será que essa pessoa é *realmente* quem ele queria encontrar?". Você tenta procurar respostas pra amenizar a sua dor, mas a vida é isso, algumas vezes ela vai te envolver em situações difíceis, e o amor nem sempre é sobre ficar. Vai ser dolorido ver que os sonhos que vocês construíram em comum acabaram. Que os lugares e viagens que vocês planejavam conhecer não vão ter mais o mesmo significado. Que o sorriso, o toque, a lágrima, tudo isso não vai ser mais dedicado a você. Ainda que você desejasse não voltar mais, ainda que quisesse mesmo seguir em frente e terminar com alguém que só te machucou, o fato de ver que o seu amor, talvez, tenha encontrado um outro amor causa uma dor capaz de matar todas as borboletas do seu estômago com um só golpe. É triste, mas também é preciso. Às vezes a gente tem que seguir em frente, mesmo com o coração partido, porque não dá pra ficar esperando que dê certo algo que você sabe que não tem futuro algum.

No meu caso, por mais que fosse difícil de entender, eu sabia que nós não tínhamos mais chances, que não conseguíamos mais fazer bem um ao outro e que todos os nossos erros eram sempre justificados com o nosso amor. E a gente não devia fazer isso, sabe? O amor não precisa machucar dessa forma. Se tem uma lição que eu aprendi com tudo o que vivemos foi que jamais devemos permanecer em uma situação ruim só porque ainda acreditamos que ela um dia vai melhorar. Não devemos nos acostumar com aquilo que nos machuca.

A gente precisa arcar com as consequências das nossas escolhas. A gente precisa escolher entre abandonar um amor ou deixá-lo se transformar em uma substância tóxica. Eu escolhi sair de cena e permitir que ele encontrasse alguém que o fizesse verdadeiramente bem. Porque isso era tudo que eu queria encontrar também. Não sei se ele se encontrou, mas eu tenho certeza de que eu consegui me encontrar comigo mesmo. E isso, bem, isso já está sendo o mais do que o suficiente pra mim.

VOCÊ NÃO PODE
E NEM DEVE VIVER INSISTINDO
EM SER A METADE DE ALGUÉM

Passei muito tempo em uma relação achando que eu era exigente demais, até me dar conta de que o meu parceiro é que me oferecia apenas migalhas. Às vezes a gente acaba se acostumando com o pouco que recebemos e passamos a acreditar que aquilo é o bastante pra gente. Mas, veja bem, se o seu parceiro não te valoriza e sempre te deixa em segundo ou terceiro plano, você não merece nem precisa continuar nessa relação.

    Eu sei que é mais fácil encontrar desculpas pra se convencer de que continuar ali é a melhor solução, mesmo tendo consciência de que você não está nada bem e que as coisas só tendem a piorar. Ele te prende, diz que você não deve seguir em frente e nem jogar todo o amor de vocês pro alto. Ele tenta te culpar e te fazer acreditar que ficar é mesmo a melhor opção. Mas às vezes a gente precisa ser só um pouquinho egoísta, pensar em nós mesmos e nos preocuparmos apenas com a nossa felicidade. Se não fizermos isso por nós mesmos, não é o outro que vai fazer.

Eu sei que o medo de não saber lidar com a saudade, de não saber como as coisas vão ficar quando você decidir seguir sozinho, faz com que você adie a sua partida. Mas acredite que você é incrível e merece alguém que reconheça isso. Você não precisa se lamentar ou se decepcionar com o fim. Você não precisa se autossabotar porque algo não deu certo. Às vezes as coisas não dependem só de você. Não se cobre tanto, você deu o seu melhor.

Eu sei que não é fácil, mas você vai superar e daqui a um tempo vai rir de tudo isso. Um dia você vai enxergar que a sua imensidão não foi feita pra caber em pessoas pequenas demais. Você vai perceber que o seu tempo e o seu sorriso não merecem serem gastos com quem não sabe te valorizar. Essa dor que hoje é difícil de suportar, um dia vai se tornar um alívio. Essa agonia que perece nunca ter fim, vai acabar e você, finalmente, vai enxergar que, na verdade, não perdeu absolutamente nada. Esse vazio que você sente hoje em algum momento vai ser preenchido com tudo o que você tem de mais interessante. E então você vai perceber que não pode nem deve viver pra ser a metade de ninguém, porque você nasceu pra transbordar.

Há quem diga que se alguém te bloqueia é porque te ama. Não caia nessa! Se alguém te bloqueia é porque não te merece e não te quer mais. Isso é um aviso pra você largar de ser trouxa, parar de insistir e seguir em frente.

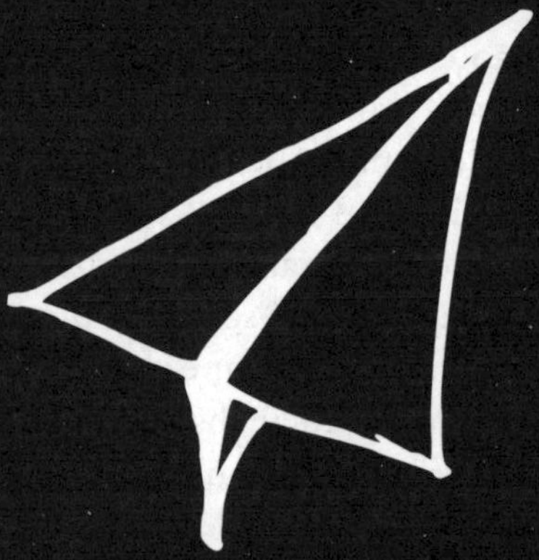

A gente não pode usar o amor como justificativa para continuar em uma relação que nos faz mal. O amor não é um corretor para aquilo que não conseguimos evitar.

O TÉRMINO NÃO É O FIM DO MUNDO

Pense bem, ninguém morre por perder pessoas que ama. Finais são doloridos, eu sei, mas uma hora a dor passa. Em algum momento a gente sempre se ergue, sabe? Pode ser que você não supere hoje ou amanhã, mas esse dia vai chegar, e quando isso acontecer toda a dor que um dia você sentiu, tudo que te tirou o sono, te encheu de medo de viver e de conhecer outras pessoas vai te trazer grandes lições. No final das contas você vai amadurecer e entender que, às vezes, é preciso abrir mão de algumas pessoas pra não acabar abrindo mão de você mesmo.

Dói, mas passa. Eu sei que agora parece que isso nunca vai passar, que por mais que você se esforce pra esquecer a pessoa que te machucou, algumas vezes a própria vida vai tratar de te lembrar.

Provavelmente aquela pessoa que te enganou e te deixou uma cicatriz surgirá do nada na sua vida quando perceber que você está bem. Às vezes você vai tentar dormir mais cedo pra evitar pensar nela, vai perder a hora do trabalho porque perdeu uma madrugada inteira tentando se livrar de algumas lembranças. E tudo isso vai doer pra caramba, mas uma hora vai passar. Você sabe.

Não é a primeira vez que você precisa seguir em frente sem ter ideia de como dar os primeiros passos. Essas não são as primeiras feridas que você precisa curar. Essa não é a primeira vez que você erra por ter apostado que alguém te faria feliz, quando, na realidade, sua felicidade sempre foi responsabilidade sua. Você já passou por situações parecidas, até mesmo piores, e sabe muito bem que essa dor um dia passa.

Términos não são o fim do mundo, relações acabam o tempo todo, pessoas estão sempre saindo e entrando umas das vidas das outras. Você pode até pensar que essa era uma pessoa especial, diferente das outras. Tudo bem, eu entendo que algumas pessoas marcam nossas vidas de uma forma diferente. Algumas são mais intensas, outras mais superficiais. Mas o fim pode acontecer com qualquer relacionamento, e se a gente não aprende a aceitar esse fato, a agradecer por ter vivido cada experiência, as coisas nunca vão parar doer.

A gente não precisa carregar o peso do que acabou em nossas costas. A gente não deve se culpar por algo que chegou ao fim. A gente não tem que abaixar a cabeça e lamentar por um relacionamento que não deu certo. Nós temos uma mania de nos acusarmos e de carregarmos toda a responsabilidade do término sozinhos. E não precisa ser assim, sabe? Se acabou, acabou. Sei que parece fácil falar, mas você vai perceber que, algumas vezes, mesmo doendo, você vai agradecer por ter acabado. Em outras, você vai perceber que acabou porque a vida reservava algo bem melhor pra você.

UM DIA ALGUÉM VAI ENTRAR NO SEU PEITO, VAI TE DIZER PRA DEIXAR ROLAR E, DE UMA HORA PRA OUTRA, VAI SUMIR DA SUA VIDA

Um dia alguém vai te pedir pra deixar rolar e, num primeiro momento, essa frase vai soar como algo doce e leve. Você vai acreditar que isso não vai te machucar, até que, de repente, você se vê indo um pouco além. De uma hora pra outra, você começa a sentir que está se envolvendo mais do que deveria, começa a perceber que os seus sentimentos parecem querer sair de controle. No entanto, você insiste em deixar rolar, porque despretensão dessa atitude talvez seja exatamente o que você esteja precisando no momento. Algo sem cobrança, sem que você precise dar satisfação ou perder tempo esclarecendo bobagens. Mas é justamente essa despretensão que vai te dar uma rasteira, rir da sua cara e sumir com aquela pessoa da sua vida. Assim mesmo, de uma hora pra outra. E pior é que isso provavelmente vai doer.

Um dia alguém vai entrar na tua vida, vai te conhecer, dividir a cama com você, te levar pra assistir a um filme, te apresentar algumas bandas diferentes e falar sobre alguns artistas legais que você precisa conhecer. Um dia alguém vai te chamar pra sair, vai olhar pra sua boca e sorrir, e, quando você questionar o porquê daquele sorriso, ele vai te responder: "Sei lá, o seu sorriso me traz paz". Um dia alguém vai ser o seu momento de paz, vai transformar a correria do seu dia em algo mais calmo, fazer com que seu final de semana seja mais sereno e te arrancar um sorriso em um dia cheio de problemas.

Um dia alguém vai ser aquela pessoa que te faz bem, que se torna o motivo de você pedir conselhos aos amigos porque tem medo que alguma coisa dê errado. Mas mesmo assim, só a presença dela já te enche de uma coragem que você nem sabe como explicar. Um dia alguém vai ser aquela ligação no meio da madrugada, que você não atendeu porque chegou cansado demais do trabalho, mas logo pela manhã, ao abrir a caixa de mensagens, você vai ler: "Só liguei pra ouvir a tua voz, desculpa se te acordei". E isso vai te tirar um sorriso de canto de boca. É isso, um dia alguém vai ser o motivo do seu sorriso de canto, daqueles segundos que você se pega imóvel admirando a maneira como ele arruma o cabelo. Um dia alguém vai ser a razão pela qual você dorme tranquilo. Até que esse alguém, sem mais nem menos, some e acaba por se tornar o motivo pelo qual você não consegue dormir direito.

Um dia alguém vai te abrir o peito, permitir que você entre e, quando você já estiver se sentindo em casa, de uma hora pra outra, esse alguém vai te expulsar de lá, dizendo que você precisa ir embora, que tudo acabou e que nem mesmo deveria ter te conhecido.

E, então, esse alguém vai deixar as suas mensagens pra depois, como se nada tivesse acontecido antes, e vai se transformar em um completo desconhecido que por pouco você conheceu, mas que, de fato, talvez fosse melhor nem ter conhecido.

Mas eu costumo dizer que todas as relações, até mesmo as mais rasas e as que acabam sem mais nem menos, nos ensinam alguma coisa. A gente aprende que deixar rolar talvez não seja uma boa escolha, porque, no final, das contas as coisas rolam tanto que acabam saindo de controle. A gente aprende que algumas pessoas vão desaparecer da vida da gente, e isso é inevitável.

Conhecer os pais, o cachorro, o sorriso ou qualquer coisa que faça parte da intimidade da vida de alguém não significa, necessariamente, que estamos convidados para permanecer ali pra sempre. Afinal de contas, os destinos mudam, as viagens acontecem e a vida segue. Você não foi feito pra ficar ancorado em alguém, e o outro também não.

CRESCI, EVOLUI E AMADURECI, POR ISSO NÃO EXISTE MAIS ESPAÇO PRA VOCÊ DENTRO DE MIM

Eu te acompanhei nas redes sociais até cansar de ver as suas fotos nas festas, ao lado de tantas pessoas, mas ao mesmo tempo sozinho, não é mesmo? Perdi muito tempo analisando as suas últimas publicações, "stalkeando" o seu perfil no Facebook só pra ver se você já tinha encontrado outra pessoa. Depois que a gente terminou, fiz muita coisa desnecessária simplesmente porque eu não sabia como seguir em frente sozinho. Mas hoje em dia eu consigo rir de tudo isso. Eu achava que o meu mundo girava em torno de você, mas depois que terminamos ele começou a girar bem melhor. É engraçado como eu pensei que sem você eu não conseguiria viver melhor, que não conseguiria lidar com a saudade e que tua ausência me machucaria mais que a tua presença, mas depois eu consegui entender que, quando a gente insiste em se agarrar ao motivo de nossa dor, a ferida nunca sara, ela sempre volta a doer. Tudo que eu precisava era me curar, e pra isso o primeiro passo era me desfazer de você.

Às vezes eu me pergunto como pude insistir em te manter na minha vida, sabe? Não foi fácil dizer pra mim mesmo, todos os dias, que eu merecia coisa melhor. Mesmo que ainda te amasse, eu preferi acreditar que tudo isso já não valia mais a pena. Ficar com alguém que rouba minha felicidade em vez de ser o motivo dos meu sorrisos nunca pode vale a pena.

Por vezes eu pensei em voltar atrás. Muitas vezes pensei em te dar mais uma chance e acreditar que, de uma vez por todas, nossa relação iria dar certo. Cogitei a possibilidade de te aceitar de novo e quase abri as portas do meu peito pra você entrar e bagunçar tudo mais uma vez. Mas segui firme. Foram muitos machucados, muita desordem e caos. Eu seria ingênuo demais se permitisse a sua entrada na minha vida mais uma vez.

Perdi as contas de quantas mensagens eu te mandei e você nem se deu ao trabalho de responder, de quantas ligações minhas você recusou, de quantos tombos eu levei tentando insistir em nós e de quantas rasteiras você mesmo me deu. Quanto mais você parecia não se importar, mais eu insistia em me manter ali. Quanto mais você me expulsava, mais eu tentava me reaproximar. Quanto mais você agia como se não me quisesses, mais eu insistia em acreditar que você me queria. Nossa relação era tóxica.

Por muito tempo eu desejei que você sentisse toda dor que me fez sentir. Torci pra que encontrasse alguém que brincasse com você, que jogasse todos os seus sentimentos no lixo e descartasse o seu amor. Tudo exatamente como você fez comigo. Queria que alguém tão fingido, mentiroso e egocêntrico como você cruzasse o seu caminho e te deixasse em pedaços, só pra você ver o quanto tudo isso dói. Queria que alguém frio, calculista e egoísta feito você entrasse no seu peito só pra te bagunçar e te roubar tudo aquilo que você um dia roubou de mim. Você me deixou marcas que me transformaram, por um tempo, em uma pessoa rancorosa demais. Hoje já não penso mais assim.

Eu já deixei de te desejar mal. Quando alguém me pergunta sobre você, só consigo rir e me sentir aliviado por ter me livrado da nossa relação. Hoje eu falo do amor sem nem uma pitada de rancor. Agora eu levo a minha vida amando a mim mesmo em primeiro lugar, e só assim eu conseguir entender o verdadeiro significado do amor. Acho que não tem como a gente se esbarrar por aí, porque não gosto mais da energia daqueles lugares que você ainda frequenta, muito menos das pessoas que estão ao seu redor e que nunca te fizeram bem de verdade. Evolui, cresci e amadureci. Não te desejo mal e nem espero mais que você passe pelas mesmas coisas que me fez passar. Eu quero mais é que você seja feliz, que cresça, amadureça e evolua também.

NINGUÉM VALE O SEU DESEQUILÍBRIO EMOCIONAL, SUAS LÁGRIMAS E SUA INSÔNIA

Passei muito tempo da minha vida correndo atrás de gente que não valia nada. Hoje eu não corro atrás nem de quem vale alguma coisa. Para ser sincero, só o fato de você precisar correr atrás de alguém já demonstra que tem alguma coisa errada aí. Ninguém vale a sua correria, o seu esforço e o seu cansaço emocional.

Já corri atrás de uma pessoa por achar que ela merecia todo o meu esforço, por acreditar que isso fazia parte do amor. Corri atrás de alguém que parecia estar sempre querendo me afastar. Insisti em alguém que parecia não estar ligando muito pra mim. O meu amor pelo outro era tanto, que esqueci aquela regra básica de que devemos nos amar em primeiro lugar. Enquanto eu lutava pra manter as coisas calmas, ele parecia estar do lado oposto ao meu, propondo uma guerra sem fim. Enquanto eu perdia o meu tempo me esforçando pra que tudo ficasse bem, ele chegava e bagunçava tudo de novo.

O pior de tudo é que eu demorei muito pra perceber o quão estava sozinho nessa relação. E o amor não é isso.

Não pode ser amor se você sente que está tentando por dois, amando por dois. Você não deve, e nem precisa, se submeter a isso. Amar é caminhar lado a lado, é dividir o peso das coisas, é segurar a mão do outro e encarar, juntos, os altos e baixos da relação.

Foram muitas noites e ligações perdidas, muitas mensagens lidas e ignoradas, incontáveis vácuos e machucados que eu poderia muito bem ter evitado. E então eu te pergunto o que vale mais, sua estabilidade emocional ou alguém que faz você chorar? Seu psicológico tranquilo ou alguém que tira seu sono? Uma corrida matinal que te deixa mais disposto ou correr atrás de alguém que só aumenta o teu nível de estresse?

Anos atrás, meu conselho seria pra você deixar o orgulho de lado e correr atrás de seu amor. Hoje meu conselho é que, em vez de correr atrás de alguém que te despreza, você foque seus esforços em amar você mesmo. A falta de amor-próprio faz com que você corra atrás de quem você nem precisa, faz com que permaneça em uma relação que não te faz feliz e transforma o amor em súplica.

VOCÊ NÃO PRECISA TER MEDO DE FICAR SOZINHO

Vivem me perguntando por qual motivo eu estou solteiro, como se tivesse alguma coisa errada nisso. As pessoas me questionam, dizendo: "Se você é tão interessante assim, por que é que continua solteiro?". Acontece que a personalidade de ninguém pode ser definida pelo fato de estar solteiro. Se você está sozinho nesse momento, isso é uma escolha sua e não diz respeito a ninguém. Tenho muitos defeitos, confesso, mas é justamente por estar bem comigo mesmo que não enxergo motivos pra ficar com outra pessoa.

Pode ser que, em algum momento, eu me apaixone por alguém, mas eu não quero e nem vou começar uma busca por esse alguém agora. Talvez a paixão aconteça na fila do banco, no vagão lotado do metrô, no corredor da faculdade ou no trânsito. A gente não tem muito como prever essas coisas, não é? Eu só sei que as coisas acontecem na hora certa.

Muitas pessoas têm medo de acabar por não encontrar o amor de sua vida. Mas a essa altura do campeonato, o meu medo é de me perder, de não reconhecer a minha essência, de não conseguir pagar as minhas contas em dia. As pessoas, hoje em dia, estão cada vez mais perdidas. E então prefiro não me perder por elas. Escolhi ficar solteiro e estou feliz assim.

A gente não precisa ter medo de ficar sozinho, sabe? Além de a solteirice não ser o fim do mundo que pintam por aí, você pode aproveitar muitíssimo bem sua própria companhia. Já ouvi muita gente perguntar: "Como assim você não namora?". Eu não namoro pelo simples fato de não ter encontrado alguém foda o suficiente pra ter o privilégio da minha presença.

O AMOR NÃO É AQUILO QUE TE FAZ PERDER O CONTROLE DE SI MESMO, O QUE TE FAZ PERDER O CONTROLE É A FALTA DELE

Aceitar e seguir. Duas palavras de extrema importância nos últimos anos. Aceitar nem sempre é uma tarefa fácil, mas uma hora a gente aprende que, na vida, será preciso aceitar alguns finais, despedidas e decepções. E a gente aprende também que não adianta muito ficar se lamentando por tudo isso. Seguir em frente é difícil pra caramba, mas é o único caminho que nos leva ao reencontro com nossa essência.

Acho que independentemente do amor que sentimos por alguém, precisamos entender, antes de tudo, o que o amor realmente significa. As pessoas costumam achar que, quando amamos alguém, somos obrigados a permanecer ao lado daquela pessoa, mesmo que ela nos faça mal ou se torne alguém que só nos machuca. A verdade é que o amor nada tem a ver com permanência. Mas talvez você só perceba isso quando se encontrar em um beco sem saída, quando tiver que escolher entre deixar um amor pra trás ou permitir que seu parceiro continue te machucando e enganando.

Um dia você vai enxergar que essa ideia de que o amor consiste em jamais partir e continuar ao lado de alguém independentemente de qualquer coisa não faz tanto sentido. As coisas não são tão simples assim, e você vai perceber isso quando tiver que seguir viagem sozinho de volta pra casa, porque o outro só te colocou em apuros e te guiou para destinos que não te faziam nada bem. Um dia você vai se perder por alguém e isso vai transformar sua vida num caos. Alguém vai te deixar tão confuso que você não vai saber o que fazer exatamente, se vai ou se fica, se o melhor é seguir sozinho e aprender a se reinventar ou ficar e esperar que um dia as coisas melhorem, mesmo sabendo, lá no fundo, que nada vai mudar.

Um dia você vai amar tanto alguém, mas tanto, que vai perder o controle de si mesmo e achar que o amor consiste em correr atrás mesmo quando se está cansado, em insistir mesmo estando desgastado, em viver para implorar por atenção e afeto. Você vai achar que o amor tem o poder de te enlouquecer e, por muitas vezes, vai pensar que as coisas que diz são exageros, que seus pensamentos são invenções da mente e apenas aquilo que vive é verdadeiro, quando, na realidade, é tudo uma ilusão que te faz acreditar que o amor é essa coisa descontrolada, que te leva até as alturas, mas logo te tira as asas. Quando tudo se acaba, quando você quebra a cara e começa a enxergar que tudo aquilo não passou de um engano, você percebe que amar nada tem a ver com permanecer.

O amor não é aquilo que te faz perder o controle de si mesmo, o que te faz perder o controle é a falta dele. O amor não permite que você corra loucamente atrás de alguém e implore, na porta do peito do outro, para que ele te deixe entrar. O amor não aceita que você se doe sem nada receber. O amor não é aquela migalha que o outro te dá em troca do sentimento gigantesco que te consome e te transborda. O amor nada tem a ver com permanecer em pessoas que não te fazem bem, muito pelo contrário, o amor, aquele amor que começa dentro de você e só então é dado para alguém, não permite que você seja um mendigo de sentimentos.

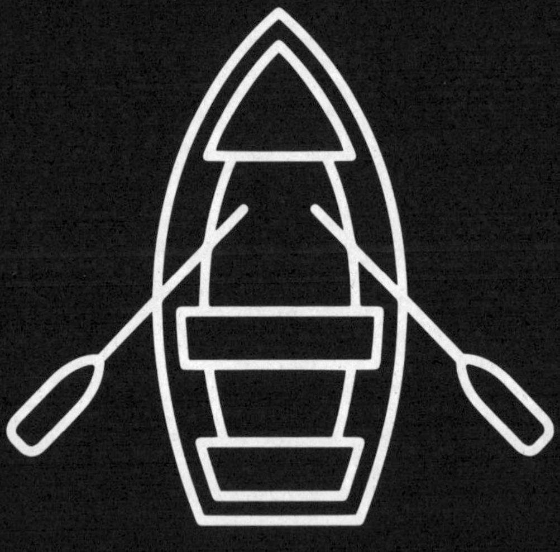

DEPOIS DE TANTAS DECEPÇÕES E MACHUCADOS, NÓS APRENDEMOS A NÃO DESPEJAR O NOSSO AMOR EM QUALQUER PEITO E A NUNCA MAIS INSISTIR EM MARES RASOS.

VOCÊ VAI ENTENDER O SIGNIFICADO DO AMOR-PRÓPRIO QUANDO TIVER QUE SE AFASTAR DE ALGUÉM QUE TANTO AMA PORQUE, NA REALIDADE, ESSA PESSOA SÓ TE FAZ MAL

Dia desses lembrei de você e todos os meus sentimentos se resumiram num sorriso aliviado por tudo ter acabado, por ter conseguido me distanciar de você e por ter deixado esse nosso amor no passado. É estranho admitir que tive que deixar alguém que eu amei ir embora. A gente tem mania de achar que, quando amamos, jamais devemos ir embora e que, se por acaso tivermos que desistir, é porque nunca foi amor de verdade. Mas eu discordo totalmente disso. O que vivemos foi amor do começo ao fim, e você sabe bem disso. Só que, em alguns casos, a gente acaba por não ter muitas escolhas: ou deixamos a pessoa que amamos ou nós mesmos é que somos passados para trás. E foi aí que eu tive que decidir. Você não devia nem merecia fazer mais parte da minha vida.

Depois do nosso fim, aprendi alguns significados novos sobre o amor. Aquela ideia de ficar ao teu lado em qualquer circunstância, mesmo que você só me machucasse, mesmo que nossos momentos se resumissem a brigas e falta de empatia, mesmo que eu chorasse muito mais do que sorrisse, aquilo nunca significou amor. Amor não machuca, não fere e nem nos coloca medo.

Dia desses eu percebi o quão necessário foi ter colocado um fim nisso tudo. Acredito que algumas pessoas entram na nossa vida pra nos ensinar a não ser como elas, a não aceitar pessoas como elas, a nunca mais entrar em armadilhas semelhantes. E você foi uma dessas pessoas. Eu até te agradeço por ter sido alguém que me ensinou muito mais sobre o amor, por ter esclarecido que só se vale a pena ficar com alguém se o sentimento for recíproco, que o nosso amor só deve ser doado a alguém que realmente esteja disposto a desbravar o mundo ao nosso lado. Você foi um bom exemplo de pessoas que eu devo evitar.

Pensei em quantas vezes tentei seguir sozinho, mas logo você reaparecia pra jurar que iria melhorar, que ainda existia muito amor entre nós e que eu jamais encontraria alguém como você. Pedia desculpas, prometia que tudo iria voltar a ser como era antes, e eu acreditava. Quando eu pensava em ir embora, você insistia em me lembrar que só você me suportaria, só você me aguentaria e que ninguém além de você me aceitaria por completo – incluindo os meus defeitos e as minhas manias de limpeza. Você passou a ser aquela pessoa abusiva, que faz a gente acreditar que não somos bons o suficiente, que jamais conseguiremos ser inteiros e grandes pra acolher alguém do nosso tamanho. Você passou a fazer com que eu me enganasse, achando que tudo isso era cuidado e amor, quando na verdade não passava de abuso e apego.

Lembrei quantas noites eu chorei enquanto você sorria pelo mundo, quantas vezes eu te liguei e implorei que não me machucasse, enquanto você dizia que tudo era exagero meu, quantas vezes perdi a vontade de sair de casa e me divertir com os meus amigos só porque você espetou a minha autoestima e achou graça enquanto ela murchava como um balão de festa. E, sinceramente, hoje eu te agradeço por tudo isso. Pode parecer esquisito agradecer por todo estrago que você me fez, mas sem esses machucados eu não seria a fortaleza que sou hoje. Quando a dor passa, a gente só consegue rir e achar graça. Nada mais dói, juro. Não sei se você está bem e acho que nem me interesso em saber. O que posso dizer com toda certeza do mundo é que estou melhor que antes, e a única coisa que sinto por você é gratidão. Obrigado por ter sido aquele machucado que eu curei, aquela marca que me deu força e coragem pra seguir em frente e jamais permitir na minha vida outras pessoas como você.

CARTA A QUEM JÁ PERDEU UM AMOR

Por mais louco que possa parecer, o fato é que a gente ainda se ama, só não estamos mais juntos. A gente ainda se ama, só decidimos seguir caminhos diferentes, sozinhos. A gente ainda se ama, só que agora não dormimos mais juntos, não trocamos mais experiências e nem aprendemos um com o outro. Não que eu não tenha aprendido com ela, na verdade, aprendemos bastante juntos, mas nem tudo acontece como a gente quer. Às vezes simplesmente precisamos colocar um ponto final.

Dizem que quando é amor, o relacionamento nunca acaba. Mas você já parou pra pensar quantos relacionamentos ainda continuam de pé mesmo sem amor? O nosso chegou ao fim e posso dizer com toda certeza do mundo que existiu amor do começo ao fim. Provei o gosto de todas as sensações que o amor pode proporcionar, mas às vezes as coisas terminam porque perdem o sentido e a razão. Se você já abriu mão de alguém mesmo amando tanto, acho que você me entende.

Muitas pessoas ainda me perguntam: "Se você ainda gosta tanto dela, por que terminou?". Eu sempre digo que o fato de amar alguém não é o suficiente pra fazer com que você fique com essa pessoa. É preciso, que o outro esteja disposto a te fazer bem, a se entregar sem medir esforços, a mergulhar com você sem medo, a seguir todo o caminho a seu lado – não atrás e nem na frente. É preciso que o outro esteja se sentindo bem na sua companhia, porque amor é entender a razão pela qual os dois decidiram viver juntos, é entender todos os motivos que fazem com que você queira estar com a outra pessoa, é não ter motivos pra duvidar do sentimento que existe entre os dois, porque o simples fato de haver dúvidas já significa que o amor está perdendo o sentido. E quando perde o sentido, a gente precisa pôr um fim.

Não é nada fácil acabar um relacionamento com alguém que você ama pra caramba. Digo isso porque já me envolvi na respiração de alguém a ponto de perder a noção do tempo, já perdi o controle de mim mesmo, fiz coisas que eu jamais pensei que faria por alguém e tentei dar o máximo de mim pra acertar sempre e para reparar qualquer erro que viesse a cometer. Digo isso porque aprendi a conviver com alguém que tinha defeitos que eu nunca pensei que pudesse suportar.

Já esperei uma pessoa por cinco horas e meia, porque ela tinha se perdido no meio do caminho. Já liguei pro médico dela pra perguntar qual remédio ela deveria tomar porque eu não entendia direito o que estava escrito na receita. Já tentei ler sobre assuntos que eu não conseguia compreender só pra aprender alguma coisa e ajudá-la de alguma forma, li livros pelos quais eu nunca me interessei e assisti a filmes que eu não queria, tudo isso só porque a companhia dela me fazia bem e porque o jeito que ela deslizava a ponta dos dedos em meu braço era melhor que qualquer terapia.

Eu sei o quanto é difícil acabar com uma pessoa que você ama pra caramba, porque já tive crise de ansiedade por não ter recebido uma mensagem dela dizendo que tinha chegado bem em casa. Já senti uma vontade absurda de dar o mundo inteiro pra alguém, mas não poder. O que dei, então, foi meu coração.

A gente ainda se ama muito, mas infelizmente isso não é o suficiente. Às vezes bate uma vontade de ligar, mas não posso. Não posso porque nós não somos mais, não acontecemos, você me entende? Por mais que eu queira e saiba que ela também quer na mesma intensidade, sabemos que o nosso amor não foi feito pra durar uma vida inteira. Às vezes a gente precisa escolher entre acabar algo ou esperar que isso acabe com a gente.

NINGUÉM É OBRIGADO A GOSTAR DA GENTE

Ninguém é obrigado a gostar da gente, ninguém tem o dever de estar ao nosso lado, ninguém tem de ficar se estiver com vontade de ir embora. As pessoas têm zero obrigação de gostar da gente. Ninguém é obrigado a querer ninguém, e tá tudo bem.

Quem já ouviu um "eu não gosto mais de você" sabe que essa não é a frase mais agradável do mundo. Ouvir alguém que você ama pra caralho dizer na tua cara que não gosta mais de você dói, e não é pouco. A gente tenta encontrar respostas pra justificar o porquê de o outro não querer mais ficar, tenta convencer o outro de que ele só pode estar errado e insiste em tentar mais uma vez e fazer de tudo para que o outro reacenda o amor que um dia existiu. Mas as coisas não funcionam assim. O coração nunca obedece nossas ordens, o destino é traiçoeiro e as pessoas são imprevisíveis demais em se tratando de sentimentos.

Quando começamos a nos apaixonar e a entender que estamos totalmente envolvidos, inevitavelmente, pensamos que o outro tem a obrigação de sentir exatamente a mesma coisa que nós. Mas a gente não tem como definir esse tipo de coisa. O momento em que o outro vai começar a gostar da gente ou o dia em que ele vai decidir ir embora não depende de nós. As coisas simplesmente acontecem quando têm que acontecer. Às vezes o outro simplesmente não consegue gostar da gente, então, tudo o que nos resta fazer é deixá-lo ir embora, aceitando a despedida e aprendendo a lidar com isso.

Uma vez, eu ouvi de alguém que amava muito a seguinte frase: "Eu te acho foda, mas não gosto mais de você". Eu simplesmente não tive reação. Eu não podia pedir pra que ele voltasse a gostar de mim de novo. Não podia implorar pra que ele não deixasse de gostar, pelo simples motivo de que isso não se pede. Ele gostou um dia, mas agora não gostava mais, cabia a mim lidar com esse fato. Tudo o que eu podia fazer a partir dali, era dizer pra mim mesma: "Tudo vai ficar bem".

O fato de uma pessoa não gostar mais de você – ou não gostar de você na mesma proporção – não significa que você seja uma pessoa ruim ou desinteressante. Imagine o contrário, quantos amores você não foi capaz de retribuir? O amor não vem com um manual de instruções. Não existe tutorial no Youtube capaz de nos ensinar a gostar de alguém.

O amor tem que ser autêntico, acontecer naturalmente, de maneira leve e espontânea. Você pode até tentar gostar de alguém, pode até conhecer alguém interessante e se esforçar para gostar dela, mas no final das contas você percebe que, quando você tenta premeditar as coisas, elas simplesmente não funcionam. O amor não pode ser metódico.

A rejeição de uma pessoa não significa que é desinteressante. Saiba que os outros têm toda liberdade de não gostar da gente e, diante disso, optarem por ir embora. Entenda que o gostar às vezes não acontece na mesma proporção que esperamos, às vezes o outro só está em um momento da vida bem diferente do nosso, sabe? Às vezes a outra pessoa gostou muito mesmo te conhecer, de saber dos seus planos e sonhos, de conhecer um pouquinho a tua bagunça, mas foi só. Nunca se diminua apenas porque alguém não te quis. Não temos como escolhermos quem vai gostar de nós. A vida é assim.

NEM SEMPRE FICAMOS COM O AMOR DAS NOSSAS VIDAS

Costumo dizer que amar também é desistir. E digo isso porque já tive que desistir de alguém mesmo querendo muito ficar.

Na verdade, é preciso muita coragem pra desistir de alguém que você ama pra caramba, sabe? É preciso discernimento pra entender que chegou ao fim, pra aceitar que nem sempre permaneceremos com o amor de nossas vidas. É assim que a vida funciona. É preciso maturidade pra aprender que amar também é partir ou permitir que o outro se vá quando você reconhece que não existem mais motivos para a relação continuar. É preciso maturidade pra entender que o amor não deixa de existir por conta do fim de um relacionamento. Posso dizer com toda certeza do mundo que o amor não existe somente quando você está ao lado de alguém. Amor é, principalmente, aquilo que fica quando tudo se vai, aquela admiração que permanece mesmo depois do fim. O amor é aquele pedaço do outro que permanece na gente, sabe?

É melhor acabar um relacionamento e preservar o amor que você construiu nele do que permanecer com o outro apenas por apego, transformando um sentimento com em algo insano e decepcionante.

O fim não anula a existência de um amor. O fim não deve ser encarado como o fim do mundo, às vezes é até uma questão de sorte. Sorte por você ter experimentado o amor de forma tão intensa por um período de tempo. Afinal, algumas pessoas sequer conseguem encontrar alguém capaz de fazê-las sentir amor.

Se isso te confortar, lembre-se que, às vezes, a maior prova de amor que podemos demonstrar é simplesmente deixar o outro partir. Às vezes não temos escolha. Às vezes nos prendemos em relações que não fazem sentido, permanecemos lutando, nos esforçando, insistindo em algo ou alguém que não vale mais a pena. E é preciso maturidade pra enxergarmos o momento em que precisamos partir ou deixar o outro seguir seu próprio caminho.

Que possamos amar intensamente uns aos outros e que aceitemos o fim quando inevitável. Que saibamos que amar não se limita a permanecer junto e que os términos não desqualifiquem o significado do amor. Que o fim não seja sinônimo de fracasso e que sejamos capazes de compreender que alguns términos acontecem pra que novos começos possam existir. Que possamos enxergar o que valeu a pena e comecemos a considerar os momentos que foram vividos. Que tenhamos maturidade o suficiente pra desejar sorte ao outro e torcer pra que ele alcance seus objetivos, mesmo que o outro não esteja mais ao nosso lado. Que acreditemos no amor, porque ele é o sentimento mais forte e sincero que temos.

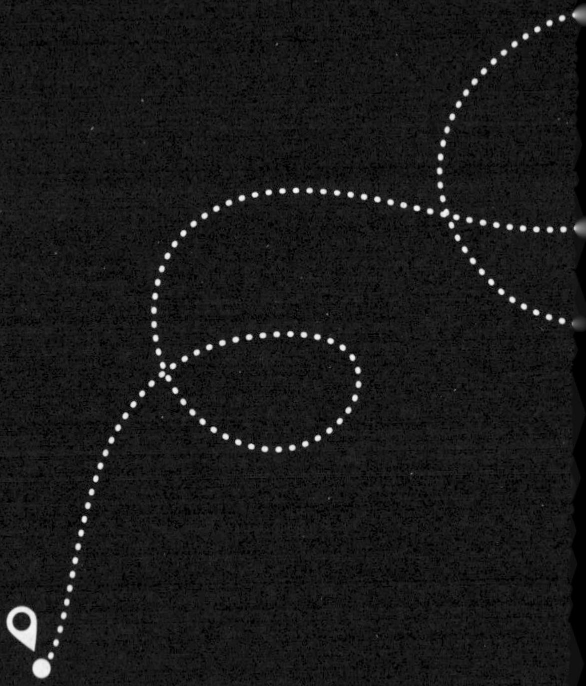

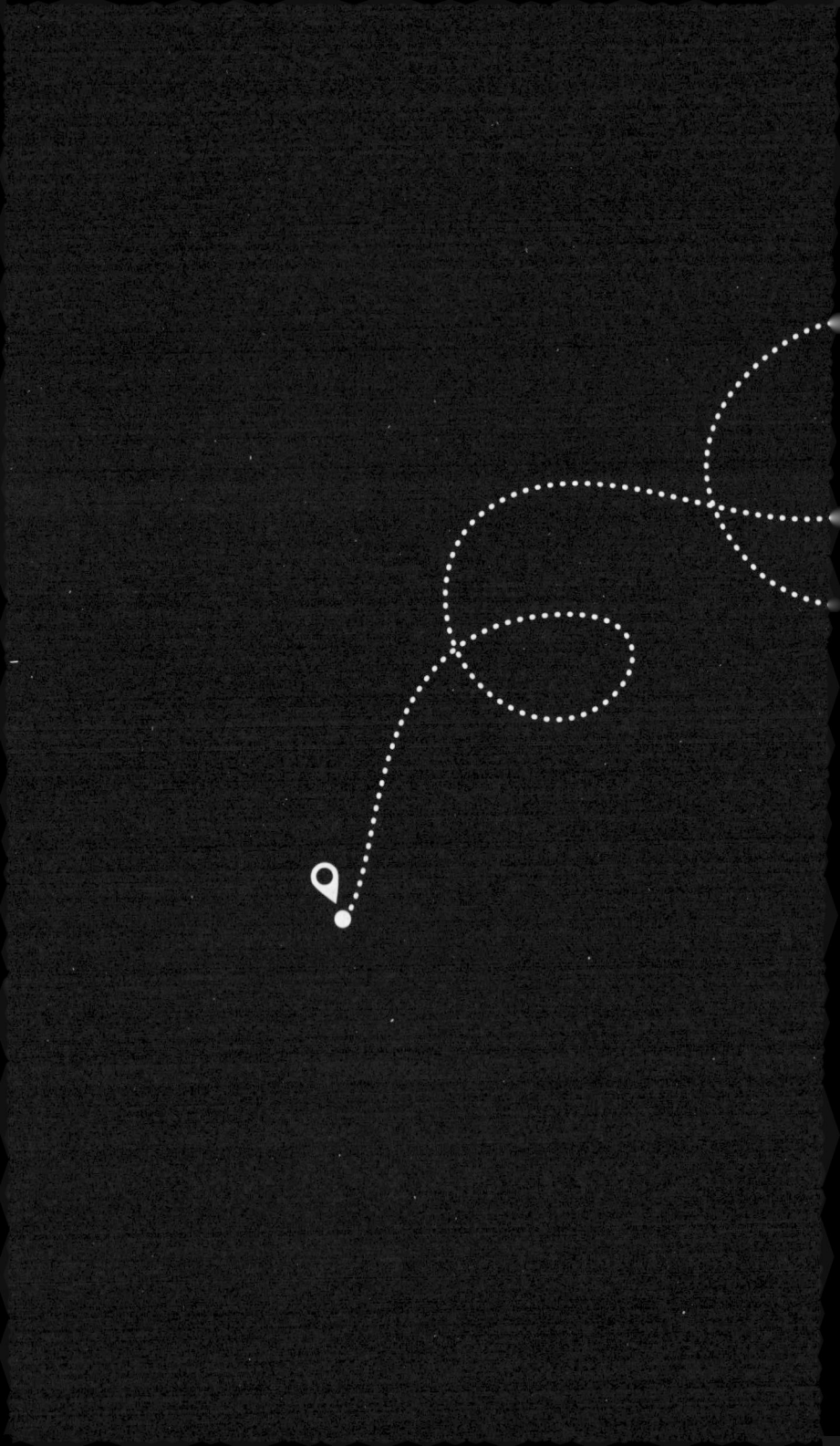

QUE BOM É CONSEGUIR OLHAR PRA PESSOA QUE TE MACHUCOU E NÃO SENTIR RAIVA OU RANCOR.
A VIDA SEGUIU.

TE AMO, MAS NÃO DÁ MAIS

Preciso te dizer que não entendo por que a gente continua insistindo em algo que nos faz tão mal. A gente já passou por tanta coisa e eu já te perdoei tantas vezes. Na última vez, a gente escolheu ficar distante um do outro, esperando que o tempo se encarregasse do nosso fim. Mas pra que o fim definitivamente acontecesse a gente precisava se desfazer um do outro, e isso definitivamente não aconteceu. Eu tinha tanto de você dentro de mim que não conseguia me abrir pra outras pessoas. E aqui estamos nós novamente.

Te amo, mas não dá mais. Não dá mais, porque dói. Sempre que acredito que você vai mudar, você dá um jeito de me comprovar que, na realidade, não está disposto a isso. Às vezes é melhor aceitar que não vai dar certo em vez de insistir em algo que já foi bonito um dia, mas que por culpa nossa, deixou de ser, você me entende?

Te amo, mas não dá mais. E não dá porque sempre que você promete que vai ficar tudo bem, eu me vejo obrigado a colocar mais um ponto final. Porque quanto mais você me dá as mãos, mais eu me sinto inseguro pra caminhar ao teu lado. Mesmo que ficar seja tudo que eu queira agora, eu sei que não dá mais.

Tenho consciência de que quando te vir por aí, meu corpo vai estremecer, mas eu prometo não ceder. Sei que não vou ficar bem se algum dia chegar aos meus ouvidos que você encontrou outra pessoa e que parece estar seguindo muito bem a vida sem mim, mas eu sei que isso passa. Muito provavelmente eu vou sentir saudades suas, e vai ser difícil suportar a tua falta. Mas não dá mais. Não dá mais porque eu já nem sei se isso é amor ou apego, se o que sinto é saudade ou carência. Não sei se você realmente me faz mal ou se a culpa é da minha insistência em querer que você me faça bem.

Eu sei que, em algum momento, alguém vai acabar falando sobre você pra mim e a minha vontade será de desconversar, mas prometo resumir tudo e dize que simplesmente não era pra ser. Sei também que você vai reaparecer na minha mente em forma de música, de cheiros e de gestos, mas vou me preparar pra isso. Sei que o preço de te esquecer pode ser alto demais, mas já paguei tantas vezes pra que desse certo, já apostei tantas fichas em você, que dessa eu vou investir no esquecimento.

Eu já não sei se esse amor que sinto é o mesmo amor que um dia eu senti por você. Ainda assim, tem um pedaço grande de mim que te deseja, e esse pedaço me confunde, sabe? Porque parece errado ir embora ainda tomado de amor. Não parece nada certo seguir sem você, porque é como se eu negasse todas as possibilidades de a gente dar certo, é como se eu jogasse tudo fora e abrisse mão do nosso amor. Mas, no fundo, eu sei que não estou negando nada, porque se tivéssemos mesmo que dar certo, isso já teria acontecido faz tempo. Te amo, mas agora, eu estou abrindo possibilidades pra mim, dando chances a mim mesmo. Eu não sei bem como dizer isso: eu te amo, só não gosto mais de você.

UM DIA VOCÊ VAI RIR DE TUDO ISSO

Sabe todas aquelas pessoas que te machucaram de alguma maneira? Algumas vão se arrepender amargamente por terem feito com que você saísse da vida delas. Você vai perceber que a ferida pode até insistir em ficar aberta por algum tempo, mas no final das contas ela sempre sara e então você percebe o quanto cresceu e amadureceu pra que hoje pudesse rir à vontade de quem te perdeu.

Quem um dia te fez chorar ainda vai te ver sorrindo e vai se perguntar o que a vida te fez pra que você, apesar de tudo, voltasse a sorrir. Você vai aprender que certas coisas não merecem o seu tempo e que, por isso, você não deve desperdiçar a sua vida com pessoas que não te acrescentam nada. Você vai perceber que não vale a pena insistir em algo que já perdeu o sentido, vai entender que nem sempre as coisas acontecem do jeito que você quer e nem sempre a gente fica com quem desejamos, porque, na verdade, nem tudo que queremos nos faz bem. Às vezes é preciso abrir mão de certas coisas pra que outras melhores aconteçam.

Você vai entender que não faz sentido implorar, chorar e se prender a algo ou alguém que não tem o menor interesse em te fazer bem. Você vai aprender que não vale a pena ficar se lamentando por algo que estava predestinado ao fim. Vai agradecer por todas aquelas relações sem sentido ou aqueles casos mal resolvidos terem chegado ao fim, porque você vai aprender que onde não houver respeito, reciprocidade e afeto não existem motivos pra permanecer.

Você vai entender que relacionamentos acabam por vários motivos e não só quando o amor acaba. Pra falar a verdade, em alguns casos você vai carregar aquela sensação de que o amor ainda existe dentro de você, que é possível continuar amando alguém mesmo depois de ter colocado um ponto final na relação, que o amor às vezes não se vai nunca, permanece grudado no peito, apenas deixando de se manifestar como antes.

Você vai entender que relacionamentos terminam pelo desrespeito, pela falta de consideração, carinho ou até mesmo pela falta de diálogo. Você vai se sentir sozinho no início, mas depois você se convida pra caminhar por aí e aprende que é possível ser feliz dentro da sua solidão. Você vai aprender também que nem sempre sentir saudades quer dizer querer de volta e que, mesmo que você tenha pensado que perdeu alguém em algum momento, no fim você percebe que, certas pessoas não se tornam perdas, mas sim livramentos.

Você vai parar de chorar a cada porta batida e vai começar a perceber que as pessoas que saíram da sua vida deram lugar pra que novas pessoas entrassem. Você perceber o quanto a definição do amor vai mudar pra você ao longo do tempo, até chegar a conclusão de que o amor não é humilhação, não é abuso e muito menos infelicidade. Você vai agradecer por ter caído fora de certas relações e vai se arrepender por ter permanecido tanto tempo em situações que não te faziam nada bem, mas depois você percebe que todas as quedas e decepções fizeram de você uma pessoa mais forte.

No fim, você vai enxergar que a pessoa que você se tornou hoje foi reflexo do sujeito que um dia você foi. Vai sorrir por tudo que te aconteceu – de bom e de ruim – e, apesar tudo, por ter tido tempo pra viver e por ter decidido aproveitá-lo com toda sua intensidade.

AMOR TAMBÉM É TER QUE ABRIR MÃO DE ALGUÉM QUE VOCÊ GOSTA PRA CARAMBA, PORQUE VOCÊ, POR MAIS QUE TENTE, NÃO CONSEGUE ENXERGAR MAIS RAZÕES PRA PERMANECER ALI

Deixa eu te dizer uma coisa. Nem tudo que a gente quer ter, realmente é bom pra gente. Às vezes a gente tem uma mania de querer empurrar coisas que não fazem mais sentido na vida da gente por medo de encarar a realidade. Às vezes a gente acha que colocar toda sujeira pra debaixo do tapete e continuar em algo que não vale mais a pena, é o melhor caminho.

A gente erra ao pensar que o amor é permanecer, é suportar absolutamente tudo e ficar independente de qualquer coisa. Mas a verdade é que o amor é, também, cair fora quando o outro não te respeita. É ir embora por que o sentimento não é recíproco, é deixar pra trás aquilo que não te acolhe mais, aquilo que só te machuca. Amor é saber abandonar o barco quando você estiver remando sozinho, é desatar os laços que se transformaram em nós apertados.

Amor é entender que nem sempre a gente fica com o amor das nossas vidas, que amar alguém pode durar uma semana ou uma vida inteira, mas que o amor deixa de fazer sentido quando só um está disposto, quando só um quer fazer valer. Amor é saber seguir em frente sozinho, é se virar com a dor da saudade e aceitar que um dia ela para de doer e você volta a agradecer pelo que foi embora. Amor é ter a consciência de que, se você se doou por inteiro e mesmo assim, o outro não enxergou a tua entrega, quem perdeu não foi você.

Amor é ter que abrir mão de alguém que você gosta pra caralho, porque você, por mais que tente, não consegue enxergar mais razões pra permanecer ali. Amor é ter coragem de dizer: "chega", de virar as costas, de se desligar de alguém que nunca está disponível pra você. Amor também é ter coragem de pôr um fim em vez de adiar algo que já acabou faz tempo só porque você não consegue aceitar.

Até que ponto vale a pena ficar com alguém que não te traz paz, alguém que te tira do sério, alguém que estraga o teu dia, por amor? Uma hora a gente entende que amar alguém requer esforço dos dois lados. Que o amor não é uma disputa de quem alcança a linha de chegada primeiro, amor é caminhar lado a lado. E que amar a dois pode ser prazeroso quando se tem reciprocidade, mas quando isso não existe, se amar já é o suficiente.

Dizem que a gente deve insistir, persistir e jamais desistir de algo que a gente quer muito. Mas a gente só deve insistir naquilo que realmente vale a pena, persistir no que faz bem e nunca desistir de quem quer ver a gente bem. Amor também é expulsar tudo aquilo que só te traz caos, porque o amor não deve ser um problema e sim, a solução.

O AMOR NÃO É SOBRE INSISTIR, ÀS VEZES TAMBÉM É PRECISO DESISTIR

Desculpa se você acha que o amor é sobre nunca desistir e sempre insistir. Por acaso você já se cansou de se esforçar por alguém que nunca te deu o valor que você merecia? Por acaso você já se sentiu sozinho ao se entregar pra alguém que simplesmente não se importava com o que você sentia? Por acaso você já se importou demais, perdeu noites de sono, chorou uma madrugada inteira por alguém que, no final das contas, ria de você e não ligava para a sua dor?

Você por acaso já sentiu uma dor tão grande que seu peito pareceu que iria explodir, que sua garganta pareceu que tinha dado um nó, que sua voz naufragou, sua barriga embrulhou e você perdeu todas as direções por conta da decepção causada por alguém que você tanto amou?

Eu posso te dizer com toda certeza do mundo que amar não é insistir ainda que nada mais faça sentido. Amar é saber a hora de ir embora pra não deixar as coisas ainda mais confusas. Amar é desistir antes que as coisas percam o sentido, entende?

Porque amar não é ser egoísta, amar é aceitar quando as coisas tomam outro rumo, é entender que, às vezes, a gente não pode evitar o fim, só nos restando aceitar e seguir caminhos distintos. Amar não é achar que o final de um relacionamento significa o fim do amor e que tudo que foi vivido não valeu a pena.

Amar é acreditar que tudo que foi apreciado enquanto vocês estavam juntos valeu muito a pena, é entender que as experiências que vocês trocaram valerão pra vida toda. Amar é perceber que todo final requer um recomeço e que às vezes a gente precisa aprender a recomeçar sozinho.

Amar não é correr atrás de alguém que sempre está se distanciando de você, amar é quando a saudade faz que duas pessoas corram na direção uma da outra. Amar não é ser indiferente, não é fingir que não sente, muito menos correr atrás de alguém que claramente não se importa com seus sentimentos. Amar é sentir lá no fundo e ter necessidade de escancarar pro lado de fora, entendendo que o que você sente não merece ser jogado de lado por ninguém.

Amar não é desejar que o outro se dane, não é torcer pra que o outro se decepcione em outra relação. Amar não é negar o que foi vivido, amar é saber agradecer ao passado pelos tombos que você levou, pelos erros que você cometeu e pelas decepções que o outro te causou. Amar é conseguir enxergar o quão imaturo você foi e se esforçar pra ser melhor que antes. Amar é torcer pra que o outro alcance os seus objetivos mesmo que ele não esteja mais ao seu lado, é desejar boa sorte e esquecer as dores do passado, é dizer pra que o outro siga em frente e jamais esquecer que você também deve seguir.

Por fim, amar não é insistir em quem não te merece. Amar é desistir de quem não vale a pena e só ficar com quem faz valer.

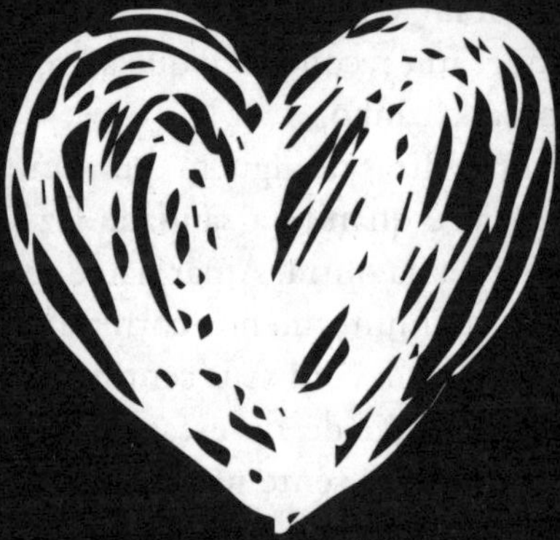

ÀS VEZES VOCÊ VAI
PRECISAR DESISTIR
DE ALGUÉM QUE VOCÊ
AMA SÓ PRA NÃO
DESISTIR DE VOCÊ MESMO.

AMAR É QUERER A FELICIDADE DO OUTRO, MESMO QUE VOCÊ NÃO SEJA MAIS O MOTIVO DELA

Algumas pessoas costumam dizer que amar é estar sempre junto sempre, é jamais desistir de alguém que você ama, é nunca deixar partir alguém com quem você construiu uma relação. Muitos dizem que é fraqueza desistir de alguém e acreditam que se um relacionamento chega ao fim, quer dizer que o também amor acabou.

Eu concordo que amar é querer estar sempre junto, mas o amor é bem mais que isso, amar é estar junto mesmo distante, entende? Amar é manter o respeito e a admiração por alguém que você amou mesmo que o relacionamento tenha acabado. Amar é torcer pra que o outro alcance os seus objetivos, pra que consiga realizar os seus sonhos e planos, mesmo que você não esteja mais lá pra presenciar isso. Amar é entender que o outro é livre pra escolher qual caminho seguir e que devemos respeitar a sua liberdade de querer partir.

Amar é se desprender de todas as amarras e cadeados que a gente costuma colocar no outro, é se desfazer de todas aquelas plaquinhas de marcação de território e de todos aquele *status* que a gente costuma usar pra justificar que o amor só é mesmo amor enquanto o relacionamento está de pé. Amar é ter maturidade o suficiente pra entender que nem tudo é pra sempre, que o pra sempre às vezes chega ao fim, e que devemos parar de considerar cada final como uma nova frustração.

Amar é aceitar quando as coisas perdem o sentido, é ser sensível o bastante pra entender quando você não cabe mais no outro e quando o outro não encaixa mais em você. Amar é ter a consciência de que o amor não existe apenas enquanto o outro está ao seu lado, o amor deve permanecer principalmente quando o outro não está mais ali. É fácil amar enquanto estamos dividindo uma cama, difícil é admitir que existe amor quando o outro já foi embora, mas deixou pra trás momentos, histórias, brigas e ensinamentos.

Amar é deixar o outro partir, e eu sei que dizer isso talvez soe como uma facada no peito. Mas amor é isso, é sentir a facada no peito ao ver o outro partindo e ainda assim admitir, com orgulho, que é amor, que continua sendo amor. Amar é ter maturidade o suficiente para sentir admiração, respeito, cumplicidade, carinho e principalmente amor pelo outro que partiu, é compreender quando a vida traça rumos diferentes, é saber o momento de ir embora em vez de fingir que ainda faz sentido ficar, ficar por egoísmo, ficar para ser machucado e machucar. Amar é preferir ver seu amor feliz distante de você a vê-lo infeliz ao seu lado.

Amar é saber a hora de desprender as mãos e ter maturidade pra continuar considerando os bons momentos. Amar é querer a felicidade do outro, mesmo que você não seja mais o motivo dela. Amar é jamais cuspir no prato que você comeu, é jamais maldizer o que você viveu com a outra pessoa. Amar é respirar fundo e, por mais que doa, mergulhar dentro de si e conseguir enxergar o que valeu a pena.

Amar é admitir quando algo chega ao fim e aprender que o fim não significa que o amor acabou, o fim não significa que o relacionamento fracassou. Finais também significam que valeu a pena. Ter maturidade é encerrar um capítulo com a mesma dignidade com que se iniciou, agradecer pelos bons momentos que foram vividos e entender que terminar um relacionamento pode não ser o fim do mundo, mas sim o começo de duas novas histórias.

EU FUI EMBORA PORQUE VOCÊ NÃO ME DEU NENHUM MOTIVO PARA FICAR

Eu quis que fosse você. Quis muito. Me esforcei de todos os jeitos e insisti de todas as maneiras pra dar certo, mas enquanto eu queria ficar ali do teu lado, você só queria que eu ficasse no seu tempo. Cansei de achar que você era o cara da minha vida, cansei de pensar que sem você eu não iria me dar bem, cansei de achar que só você existia em meu mundo e passei a acreditar que a minha vida sem você seria bem melhor.

Deixei você pra trás porque percebi que não adiantava querer caminhar ao seu lado. Cansei de tentar que a gente desse certo junto, porque ao que parece, a que a gente só dá certo mesmo separados. Foi um erro ter continuado com você quando eu sabia que deveria ter partido. Eu sabia que alguma coisa dentro de mim dizia que eu deveria sair dali, mas eu ignorei isso o máximo que pude. Só fui mesmo embora porque você não me deu mais espaço pra ficar. Fui, mas com a convicção de que te dei todo o amor que tinha em mim. Algumas vezes esqueci de mim pra poder me lembrar de você. Outras vezes, eu me coloquei de lado só pra ver um sorriso no seu rosto. E não me arrependo de ter feito absolutamente nada que fiz por você, mas hoje eu pensaria mil vezes antes de tentar mudar quem eu verdadeiramente sou só pra agradar alguém que se importa apenas com os próprios caprichos.

Fui embora porque eu não cabia dentro de você, não me encaixava nas suas mãos, não encontrava paz no seu corpo eu me tornei algo sem importância na sua vida. Mesmo quando pensei em desistir, eu tentei. Mesmo quando você me ignorou, eu relevei. Mesmo quando você me machucou, eu voltei. Não me arrependendo de nada do que fiz, muito menos do que deixei de fazer por você, eu só não voltaria para perto de alguém que não fez questão da minha presença.

Fui embora porque você não me deu nenhum motivo pra ficar. Fui, mas com a certeza de que fiz o que pude, que tentei o máximo, que me dei por completo O problema é que você não queria somar, você queria ser apenas metade, e metade pra mim não basta, meu bem. Não há nada de que eu me arrependa, eu só não faria de novo tanto por alguém que não me deu quase nada.

DESISTI DE VOCÊ
PRA NÃO DESISTIR DE MIM

Eu corria atrás, até que um dia deixei de correr e passei a ficar mais na minha. Foi então que você reapareceu: "E aí, sumida?". Nesse momento eu percebi o quão idiota você foi comigo, o quão babaca você foi com meus sentimentos e o quão pequeno você foi por me perceber só quando eu não estava mais aí, porque enquanto eu estava importando, você nem ligava.

Você me pedia desculpas, eu logo desculpava. Dizia que não iria fazer mais isso ou aquilo, eu logo acreditava. Falava em amor e, então, eu ficava. Dizia que iria ficar tudo bem, mas sempre dava um jeito de estragar tudo. Você falava que não tinha feito de propósito, mas, pensando bem, a verdade é que você sempre fazia o que queria e depois vinha dizendo que a culpa era minha, como se eu merecesse toda a merda que você chamava de amor. Você prometia pra mim que não iria errar outra vez, mas não durava muito tempo, logo você já estava me machucando de novo. Você me fazia acreditar que era amor, quando, na verdade, só faltava esfregar na minha cara que era abuso. Eu não queria acreditar, até que um dia meu coração deu um estalo e eu acordei.

Você me enviava um "Eu te amo" e eu lia "Quero te machucar de novo". Por mais trágico que isso possa parecer, eu sei bem que se hoje eu te enxergo assim, se hoje eu te vejo como uma ameaça e não como uma proteção, se hoje eu te enxergo como uma tempestade e não como calmaria, é porque um dia eu me entreguei pra você em vão. Você não se importou e nunca me valorizou.

Existem mais de 7 bilhões de pessoas no mundo e eu achava que você merecia o meu tempo, a minha vida e o meu amor. Que idiotice minha! O problema era que eu ainda respondia às suas mensagens, atendia às suas ligações, te ouvia e conversava com você, quando, na verdade, eu deveria sumir e te tirar completamente da minha vida. De mim você não vai ter mais nada, meu bem, muito menos aquela disposição, aquela confiança, aquele interesse e aquela vontade que eu tinha de fazer valer a pena. Às vezes é preciso ceder pro relacionamento dar certo, meu bem. E não tinha como a gente dar certo se só um lado cedia, enquanto o outro só fazia construir um muro alto entre a gente.

Eu até acho que quem realmente ama se importa, procura, corre atrás, aparece e se interessa. Mas dizem que quem realmente ama não desiste nunca, e nisso eu discordo. Quem ama também desiste, e sabe por quê? Porque aquele amor já virou abuso, não faz mais bem, não soma, só machuca e faz doer. É muito cansativo se importar com alguém que não está nem aí pra você. É muito cansativo procurar por alguém que nunca está disponível, correr atrás de alguém que nunca está na mesma direção, aparecer pra alguém que sempre some, se interessar por alguém que não está nem aí.

Quem ama desiste pra não perder o amor por si mesmo. Foi isso que eu fiz, meu bem. Desisti de você pra não desistir de mim.

ALGUÉM AINDA VAI GOSTAR DE VOCÊ COMO VOCÊ É

Alguém ainda vai gostar de você, assim mesmo, exatamente como você é. Alguém vai se importar com você, desejar estar com você sempre que possível, te ligar no meio da noite só pra perguntar se está tudo bem. Alguém ainda vai te encontrar e vai querer só o seu bem, vai medir as palavras pra falar com você e não a distância pra te ver. Alguém ainda vai esbarrar em você, alguém por inteiro, com erros e defeitos, mas disposto a acertar e corrigir sempre.

Alguém vai querer cuidar de você e fazer qualquer coisa pra te proteger. Alguém vai sentir frio na barriga ao te ver, sentir prazer em sair de casa mesmo debaixo de chuva pra te encontrar, ficar ansioso quando você demorar pra responder uma mensagem.

Alguém vai te doar o corpo pra você dormir e a alma pra você morar quando se sentir só. Alguém vai te dar a vida, se preciso for. Vai te dar as mãos e seguir com você, mesmo sabendo que as coisas vão complicar em algumas partes dessa jornada. Alguém vai te pôr nos braços quando você estiver cansada de tudo, vai trazer calma e paz pro seu mundo.

Alguém vai topar viajar com você, mesmo que em cima da hora. Alguém vai te amar sem medida, vai mergulhar com você e querer sempre ir mais fundo. Alguém vai ficar doente quando você não estiver bem, vai ficar triste quando você estiver pra baixo, mas vai fazer de tudo pra melhorar seu dia. Alguém vai sentir orgulho de você, vai torcer pra que você alcance seus objetivos e vai comemorar junto contigo suas vitórias. Alguém vai conhecer seus pontos fracos e suas fragilidades, mas jamais vai pensar em usar isso pra te machucar.

Alguém vai conhecer as tuas manias, vai entender seus gostos e aprender a te aceitar como você é. Alguém vai aceitar seus atrasos, tolerar seus momentos de estresse. Alguém vai te encontrar desacreditado do amor e vai fazer você acreditar ainda que as esperanças estejam quase todas perdidas. Alguém vai aparecer pra te apresentar ao amor novamente, pra te fazer acreditar nele e se sentir inteiramente amado. Alguém vai fazer seu dia melhor, mesmo depois de tantas confusões. Alguém vai aparecer de surpresa na sua casa só pra te tirar da rotina, vai topar assistir com você uma maratona inteira da sua série favorita e vai aprender a admirar seus gostos cinematográficos.

Alguém vai estar sempre disposto a encontrar uma forma de fazer as coisas darem certo, vai te valorizar enquanto te tem, porque sabe não faz sentido enxergar uma pessoa só depois de perdê-la. Alguém vai somar na sua vida, vai se sentir feliz ao ouvir você contar sobre os seus planos e projetos pessoais, vai te ajudar no que for preciso, vai estar contigo independentemente da situação que você estiver. Alguém vai aparecer e te fazer entender o verdadeiro significado de amar, vai te fazer olhar pra trás e agradecer por não ter dado certo com ninguém antes.

Alguém ainda vai gostar de você exatamente como você é. Alguém que vai ser seu sonho bom e o motivo da sua insônia também. Alguém capaz de despertar o que você tem de melhor, te respeitar e te fazer sentir realmente importante. Alguém que fale menos em saudade e apareça mais. Alguém vai reparar nos seus detalhes, vai ler suas entrelinhas e, antes de se apaixonar pelo que você é por fora, vai te amar pelo que você é por dentro. Alguém vai segurar as suas mãos e afastar todas as suas inseguranças. Alguém vai te tirar as dúvidas e te dar todas as certezas que você tanto procura. E quando esse alguém chegar, você vai entender que o amor não está no orgulho ou na falta de interesse. O amor não é sinônimo de machucar ou maltratar. Amar é cuidar, é se importar, é querer estar junto e fazer o possível pra isso. Amar é mais que encontrar o beijo perfeito e o encaixe ideal dos corpos. O amor acontece quando duas almas se encontram.

NÃO É PORQUE NÃO TE PROCURA QUE NÃO SENTE SUA FALTA

Nem sempre o motivo do outro não te procurar é o fato de não sentir sua falta. Andei pensando sobre isso e cheguei à conclusão de que eu já quis ficar com alguém, já senti falta desse alguém, mas preferi não procurar pelo simples fato de não saber se ele me queria ali, por não enxergar motivos pra ficar e por não ter certeza de absolutamente nada. Às vezes, por mais que a gente sinta saudade e tenha vontade de estar com aquela pessoa, se não existe reciprocidade, não vale a pena insistir, não vale a pena procurar.

Às vezes as pessoas só estão com medo de demonstrar, sabe? Medo de mandar uma mensagem e ser ignorado. Medo de deixar o orgulho e a vaidade de lado pra dizer que sente saudade e, no final das contas, descobrir que esse sentimento não é recíproco. Às vezes é só medo. Medo de ligar e ser rejeitado, de falar e não ter certeza de que vai fazer alguma diferença pro outro.

Eu já senti saudade de alguém em um nível tão absurdo que não conseguia fazer as minhas coisas direito, não conseguia focar nos estudos, em meus projetos ou seguir a minha vida tranquilamente, porque vez ou outra a saudade batia na porta com força. E isso doía, sabe? Mas ainda assim, eu fiquei na minha. Não procurei a pessoa porque eu sabia que ela estava bem sem mim, porque eu tinha certeza de que a minha ausência não estava doendo tanto nela quanto a ausência dela doía em mim.

Eu já senti falta de alguém que eu gostava pra caramba, de alguém que eu queria muito que ficasse na minha vida, sabe? Mas entendi que querer desbravar o mundo com alguém às vezes não é o suficiente, principalmente se o outro não está no mesmo barco que você e nem disposto a encarar a sua viagem.

Eu já perdi o sono por alguém que eu queria muito que estivesse comigo, já tive vontade de deixar o orgulho de lado, mandar uma mensagem ou ligar pra dizer: "Preciso te ver". Mas, ao perceber que minhas palavras e meus sentimentos talvez não significassem nada para o outro, eu acabei me calando.

Eu já fui aquela pessoa que abria o *chat*, escrevia, escrevia e escrevia, mas não tinha coragem de enviar. Já fui aquela pessoa que visitava o perfil do outro só pra ver tinha algum sinal de que ele estivesse em outra, só pra tentar, de alguma forma, diminuir a saudade. Já fui aquela pessoa que ficava ensaiando o que dizer se encontrasse o outro por aí. Muitas vezes, tive que controlar a ansiedade pra não procurar alguém que tinha fugido de mim, pra não correr atrás de alguém que não me merecia.

Já fui aquela pessoa que pensou em gritar pro mundo todo ouvir a saudade que eu sentia, mas tive que escolher engolir minha dor em seco e entender que saudade quando, não é recíproca, a gente simplesmente finge que não sente. Um dia a gente se acostuma e ela vai embora.

Às vezes o outro não procura porque está esperando você procurar primeiro. É infantil, eu sei. Mas pensa no medo que dá correr atrás de alguém que não dá a mínima pra você? Às vezes as pessoas sentem uma falta do caralho, mas não procuram porque sabem que isso talvez não faça diferença alguma. Talvez o outro nem se importe.

Eu já senti falta de alguém, mas não o procurei, me virei pra organizar sozinho toda a confusão que a saudade causava. E tudo isso porque um dia eu cedi, mandei uma mensagem dizendo "Estou com saudade de você", mas a pessoa visualizou e nunca mais me respondeu.

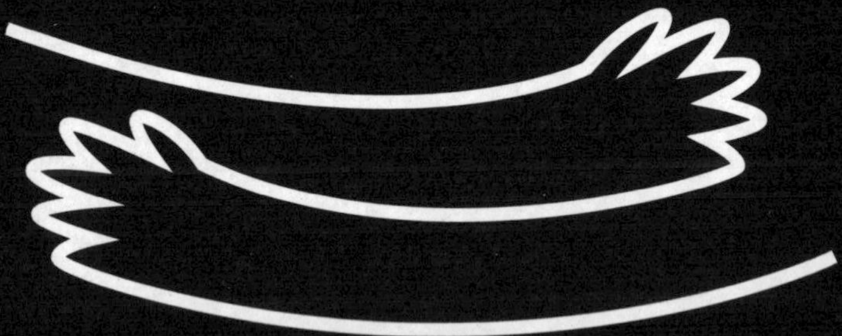

EM VEZ DE DEIXAR
DE SER INTENSO, DEVEMOS
APRENDER A AMADURECER
COM AS DECEPÇÕES:
ISSO FAZ PARTE DA VIDA

AMAVA
PORRA NENHUMA!

Eu queria tanto que você gostasse de mim como eu gostei de você, que você me amasse com a mesma intensidade que eu tinha ao te ver. Queria tanto que você se esforçasse pela gente como eu me esforcei, que tivesse a mesma vontade que eu tinha de solucionar os problemas, de procurar um jeito pra resolver as coisas e tentar fazer com que desse certo no final. Queria tanto que você estivesse disposto a fazer a gente dar em alguma coisa, que você tivesse paciência e quisesse mesmo me ouvir, que levasse a gente a sério. Mas não tem como forçar para fazer as pessoas gostarem da gente. Se temos que exigir alguma coisa é porque não está sendo recíproco, não tem amor. Às vezes a vida nos apronta dessas coisas. Acho que a gente acaba se perdendo em alguém pra, no final das contas, se encontrar ainda mais forte, mais firme, mais maduro. Eu pensava que tinha te perdido, mas me dei conta de que a única coisa que eu perdi com você foi o meu tempo.

    Fui embora mesmo querendo tanto ficar, porque não basta que um só queira. Sabe aquela frase: "quem ama nunca desiste"? Eu passei a não acreditar nela quando te amei e tive que desistir por falta de reciprocidade.

    Eu tentei, cara. Eu tentei passar por cima dos problemas e te dar mais uma chance. Eu tentei achar que tudo iria se acertar entre a gente, tentei acreditar que ficaríamos bem de novo. Mas não deu. Não deu mais pra acreditar em você depois de tantas chances que te dei. Eu cansei de fingir que nada tinha acontecido, sabe? Cansei de, simplesmente fingir acreditar que estava tudo bem quando eu sabia que não estava. A gente só dá o que tem. Se você não tinha amor por mim, não tinha porque eu insistir que tivesse algo.

    Eu percebi que tinha superado você quando você me ligou e meu coração não disparou. Eu percebi que você era passado quando parou de me machucar, quando eu encontrei a graça nisso tudo. Eu percebi que você tinha saído da minha vida quando te encontrei na balada e as minhas pernas não tremeram, quando vi você acompanhado de outra pessoa e torci pra que, dessa vez, você se tornasse um homem. Você deixou de ser aquele cara que eu queria e passou a ser o cara que eu me livrei quando eu percebi, finalmente, que você não valia a pena e que eu merecia bem mais.

    Você foi capaz de mentir olhando nos meus olhos. Teve a coragem de dizer que me amava, que jamais me machucaria, que era tudo coisa da minha cabeça.

    Eu senti lá no fundo que você estava mentindo, mas mesmo assim escolhi me enganar, decidi acreditar em você, porque afinal, você dizia que me amava e que quando amamos alguém devemos acreditar, não era? Você foi capaz de me enganar, de usar o amor como um pedido de desculpas pra maquiar o que você tinha feito, jogou os nossos sonhos pela janela, varreu nossos planos pra debaixo do tapete e teve a cara de pau de dizer que me amava. Amava porra nenhuma!

ÀS VEZES VOCÊ PERDE SEU TEMPO E GASTA SUA ENERGIA PEGANDO ÔNIBUS À TOA PRA VER ALGUÉM QUE SEQUER ATRAVESSARIA A RUA POR VOCÊ

Você foi o motivo dos meus sorrisos na frente do celular, do meu silêncio por trás das ligações. Você já foi assunto de muitas conversas com amigas na faculdade. Já foi o meu pensamento na volta pra casa, o bom-dia mais sensato que eu poderia receber e a melhor voz de sono que já me acordou em toda minha vida. Eu já te enxerguei como a única coisa que alguém poderia desejar no mundo. Eu realmente te amava e sentia que todo esse amor poderia dar em alguma coisa. Não deu em coisa nenhuma.

Eu mergulhei em você achando que, nas profundezas do seu ser, poderia encontrar certezas e sinais que dissessem que, mesmo com as ondas mais altas e as tempestades mais fortes, eu ficaria ali. Mas você era raso, fechado, areia. O seu lugar não é comigo e é do lado de fora que você vai encontrar a certeza do lugar que te dei e que você nunca deveria ter saído.

Eu corria atrás de você e, por mais que essa atitude seja o mínimo que podemos fazer por alguém que gostamos, não é o melhor a fazer por alguém que só foge da gente. Eu te via em silêncio e perguntava: "O que você tem?", achava que eu tinha feito ou falado alguma coisa que tivesse te machucado, desconfiava que o problema era eu e, pra ser sincera, eu estava certa. O problema era continuar ali, nos teus pés, enquanto você não sabia o que fazer comigo. O problema era eu ficar ali quando na verdade tudo o que você mais queria era que eu fosse embora, mas você nunca me diria isso, nunca admitiria que ali não era o meu lugar e que você não estava nem um pouco empolgado em ser pra mim pelo menos um terço do que eu era pra você. O problema era eu achar que eu poderia tirar do teu silêncio um sorriso e consequentemente ser o abrigo que você moraria, achar que essa migalha que você me dava era o suficiente pra continuar.

Eu te mandava músicas, te marcava em fotos e vídeos engraçados, comentava sobre as estreias do mês no cinema. Eu conheci as bandas que você gostava, assisti temporadas inteiras das séries que você dizia assistir em um só dia. Faria tudo pra te mostrar que entre você e o mundo lá fora, eu escolheria você. Tudo que eu queria era mais que a sua companhia apenas nos dias que você quisesse aparecer. Ainda que você não tenha dado a mínima, ainda que você tenha sido capaz de ter feito o que fez, ainda que nada do que fiz tenha dado certo, ainda que o nosso fim não tenha sido como eu gostaria, eu sei que fiz tudo o que eu podia. Dia desses você teve a cara de pau de me perguntar se eu ainda sentia saudades de você, e a minha vontade foi de responder que saudade eu tinha da pessoa que você era quando te conheci.

Eu te enxergava muito melhor do que você realmente era. Eu te aceitava porque me recusava a acreditar que não seria você, que não adiantava insistir. Eu te queria porque você me fazia acreditar que sem você eu me perderia, que sem você eu sairia perdendo, que só você era capaz de sair dessa por cima e que era eu quem ficaria chorando e me lamentando quando, na verdade, esse teu jeito egocêntrico e inseguro era só um jogo pra fazer com que eu continuasse na tua. A verdade é que sem você, eu finalmente me encontraria e tomaria pra mim aquele inteiro de mim que insistia em te dar e você esnobava. Eu te enxergava como a pessoa mais inteira que eu poderia ter, como o amor mais sincero e real que poderia sentir. Me diziam que amor a gente encontra só uma vez na vida, e isso estalava na minha cabeça toda noite. Eu perdia tanto tempo achando que: "Tem que ser você, tem que ser". Eu me doava ao máximo e me decepcionava porque você sempre me fazia criar grandes expectativas, dizia que iria mudar um dia, me pedia paciência. Me diziam que você só me fazia mal, só fazia merda. Eu boba achava que você me amava e não fazia por querer. Eu achava que me rastejar aos seus pés era o suficiente pra mim, que pedir por um amor recíproco ou por algo que não machucasse enquanto continuava nessa tua viagem sem destino, já estava bom pra mim. Eu quero dizer que nesse teu jogo que eu tive de perder pra me encontrar, aprendi que migalhas não servem pra mim e lamento por você ser tão pequeno como pessoa, tão *bundão* com o amor.

NÃO ACEITE MENOS DO QUE VOCÊ MERECE

Outro dia me deparei com uma frase na internet que dizia: "Amar não é aceitar tudo. Aliás: onde tudo é aceito, desconfio que haja falta de amor". Essa frase foi como um murro no meu estômago, um tapa inesperado, desses que a vida dá na nossa cara pra nos despertar. A gente tem mania de acreditar que o amor é o maior sentimento do mundo, e de fato o amor é um sentimento gigantesco; no entanto, ele não passa de um grão de areia quando sozinho.

Às vezes a gente acha que o amor é capaz de superar todas as brigas, as discussões e todas as fases ruins pelas quais qualquer relacionamento passa. Mas o amor é como a cereja do bolo, que serve para deixá-lo bonito, mas se torna inútil se não houver outros ingredientes importantes. Muita gente acredita que enquanto existir 1% de amor, vale a pena lutar.

Eu costumo acreditar que, por mais doloroso que seja, é melhor acabar algo e seguir o seu caminho com a sensação de que você amou e deu tudo de si, do que insistir por amor e acabar chegando ao ponto de duvidar dele. Melhor terminar e levar com a gente as melhores lembranças e tudo que aprendemos do que continuar tentando e acabar ferindo a si mesmo e ao outro.

Melhor aceitar a dor de ter que deixar alguém que você ama ir embora e aprender a lidar com a falta que essa pessoa vai te fazer do que ser egoísta a ponto de permitir que alguém fique do teu lado quando você não tem mais interesse em se dedicar e fazer bem. Melhor aprender sozinho que você pode continuar amando alguém mesmo não estando mais com aquela pessoa. Às vezes, por puro apego, a gente aceita sofrer, levar a culpa por algo que não fizemos e continuar em algo que deixou de nos fazer bem. A gente insiste em continuar se machucando, insiste em se perder, insiste em esquecer de nós mesmos, deixar nossa vida de lado pra tentar viver a vida do outro, diminuir nossa imensidão só pra caber no mundinho de alguém e acreditar que somos rasos demais e que precisamos do outro pra nos tornarmos pessoas mais profundas. A gente se autossabota e acredita que o outro vai sempre ser muita coisa pro nosso carro velho, quando na verdade, às vezes é só uma questão de compreender que é muito melhor seguir a viagem sozinho e sem pesos desnecessários.

Às vezes, o fim precisa acontecer pra gente aprender um tanto de questões que virão depois do ponto final. Melhor aceitar um fim e aprender a lidar com ele do que viver uma vida aceitando menos do que você merece.

VOCÊ NÃO PERDEU NADA

Preciso te dizer que você não perdeu nada, menina. Os dias passam e você aí, pensando nele. O mundo lá fora continua e você aí, deixando de aproveitar o tempo por ele. Você sabe que a culpa disso tudo não é mais dele, porque o problema agora é você insistir em manter com você algo que já não faz mais sentido. Ele já foi, menina, e você não precisa mais deixar ele vivo dentro de você.

Permita que o tempo cure a sua dor. Permita, daqui em diante, fazer com que as lembranças fiquem no fundo da gaveta. Talvez ele tenha sido culpado nisso tudo porque você tentou tantas vezes, você lutou contra tudo e todos e o universo parecia não conspirar a favor. Você não desistiu em nenhum momento pra que desse certo, mas pense consigo, e perceba que não vale a pena insistir em algo que não tem mais a menor pretensão de te fazer bem só pra alimentar os seus caprichos.

Você precisa parar de remar tentando encontrar uma nova razão pra ficar, porque isso não vai chegar a lugar algum, acredite. Ele já pulou fora e se você continuar insistindo, as chances de se perder são maiores. Volta pra areia e deixa o barco naufragar de uma vez. Pense no estrago que ele poderia ter te causado se escolhesse ficar.

Você precisa parar de continuar sofrendo. Eu sei que às vezes a gente acredita que o que perdemos é algo de muito valor, que muitas vezes a gente prefere acreditar que vai dar certo porque é difícil desacreditar naquilo que pensávamos ser bom pra gente. Eu sei que às vezes a gente prefere ficar e se acostumar com a dor em vez de ir embora e se virar sozinho com ela. Mas o amor é exatamente o oposto, menina, ele não dói.

Talvez tudo isso tenha sido sorte, e não perda. Talvez ter passado por todo esse desconforto que ele te causou tenha lhe preparado melhor pra vida, e não retirado de você a coragem pra viver algo ainda melhor. Para de sofrer por alguém que escolheu ir embora quando poderia ter ficado. Para de deixar o tempo passar em vão, porque ele não para nem volta. Para de chorar por alguém que não pensou duas vezes ao escolher acabar com tudo que vocês tinham.

Às vezes parece que as coisas nunca vão dar certo, e que quanto mais a gente tenta e se esforça para manter aquilo, mais tudo dá errado e mais bagunça se acumula; parece que o certo seja a distância, embora o que a gente queira seja ficar junto. Isso não é só aparência: é a verdade te dizendo que você precisa seguir em frente, porque você não vai perder nada. É um pouco difícil se acostumar com isso. Você não perdeu nada, menina. Você se livrou.

A GENTE TINHA TUDO PRA DAR CERTO

Você me deu um beijo na testa e eu voltei pra casa com medo de que fosse o último. Medo de que algo que me fez criar coragem pra assumir deixasse de acontecer. Medo de que você, uma das minhas maiores alegrias nos últimos dias, senão a única, desistisse de mim. E pior, sem nem ao menos dar tempo para que eu pudesse pensar no que exatamente fiz de errado. Pensei em tantas coisas que nem faziam tanto sentido assim. Tive medo de que o seu sorriso se fechasse pra mim, que o seu corpo não mais tocasse o meu, que não sentisse mais suas mãos nas minhas. Você não atendia apesar da minha insistência em te ligar, dizia que o celular estava no fundo da bolsa e que por isso nem ouviu tocar, mas no fundo eu sentia que você estava me aconselhando a não te ligar mais. Até te peço desculpas pelo meu desespero, acho que ele não me deixou perceber que você não estava mais a fim e que, por mais que tenha te faltado coragem pra ser mais direto e sincero comigo e que, ao invés disso, você tenha escolhido ser o covarde que sempre foi, estava estampado na sua testa que você estava desistindo de tudo. Eu só não entendia o porquê.

Eu não mandava no que sentia por você, mas eu sentia que não deveria ficar e, ainda assim, adiava a minha partida. A minha vontade, confesso, era de conseguir te achar porque me encontrar sem você no começo estava sendo difícil demais pra mim. Confesso que passei um tempo tentando te surpreender, mas nada te impressionava e só agora eu percebo o quanto fui tola em insistir que você me enxergasse outra vez, sem nem perceber que o que você realmente queria era me evitar. Passei um tempo investigando sua vida na internet e os sorrisos que você publicava me consumia como uma saudade que a gente sente de alguém sabendo que nunca mais vai ver essa pessoa.

Sabe, eu tentei fazer você enxergar que nossas brigas eram por bobagens e que a gente perdia tantas madrugadas discutindo à toa. Tentei te avisar que justificar os meus erros com os seus não iria nos levar a lugar algum se a gente não conseguisse se entender, reconhecer os nossos erros e se esforçar pra corrigi-los. Eu não vou mais te pedir pra gente ficar bem porque eu sei que não vai ficar. Não tem como ficar. Não quero te pedir que volte porque mesmo que você estivesse do meu lado agora, não teria sentido algum. Eu não me importo mais se você estava certo ou não. Não quero mais te pedir um tempo porque a gente perde tanta coisa e tanta gente esperando que algo aconteça e nada acontece. Não te quero mais do meu lado de cara fechada pros meus amigos, muito menos pra mim. Não quero mais dar tanto de mim pra ficar tudo bem, nem me esforçar pra sair com você porque nada disso deveria exigir esforço, deveria ser algo sincero e natural pra mim.

Não quero mais te pressionar a fazer nada e nem quero ter que dizer mais uma vez que do jeito que as coisas estão indo elas não vão muito longe. Também não quero mais me iludir e achar que sem você eu perco o rumo porque os caminhos que você me leva não são mais bons pra mim. Ao contrário do que você pensa, não preciso de você nem pra escorar o meu cotovelo em seu ombro. Não quero mais ouvir você dizer o quanto te irrito e o quanto sou idiota. Não quero mais ouvir você repetir as mesmas desculpas pelos mesmos erros. Acho melhor poupar a gente das mesmas conversas também. Não vou te contar sobre as minhas conquistas. Não vou mais buscar a pizza na porta, nem levar a toalha que você sempre esquece quando entra no banho. E fica tranquilo, eu não vou mais fazer você "perder o seu tempo" com minhas loucuras, com o meu ciúmes e a minha saudade.

Eu não entendo por que durante tanto tempo você foi exatamente o que eu queria, mesmo achando que você nunca me mereceu. Eu agora entendo que, apesar da gente parecer ter tudo pra dar certo, faltava muita, muita coisa mesmo pra gente acertar. Dizem que a gente precisa sonhar porque só assim as coisas acontecem; você não tem noção do tanto que sonhei pra chegar o dia em que você acordasse e me percebesse de uma vez por todas, pra que você finalmente caísse na real de que eu não iria ficar aqui te dizendo o que fazer pra você não se perder de mim. Você não me percebeu, se perdeu e me perdeu. Talvez você nem tenha sido o sonho que eu pensava que você era, talvez tenha sido só um pedido bobo que eu fiz sem pensar.

Não vai ter mais a minha notificação pedindo por atenção no celular. Não vai dar pra te marcar no Instagram nessas publicações de lugares bonitos pra conhecer juntos, nem nos comentários sobre aqueles assuntos que a gente tinha tanto em comum. Não vou mais tentar te explicar as coisas que sinto, nem te dizer que vai ficar tudo bem por mais que você sempre se esforça pra que não fique. Não vou mais te dizer o que você deve fazer, nem ficar te lembrando o que você falou que não foi legal, porque já cansei dessas voltas que a gente dá e desses assuntos que se repetem. Não quero mais que você me entenda porque eu nunca te entendo, sabe? Eu não entendo por que você insiste tanto em ser a pessoa idiota de sempre ao ponto de ignorar quem tanto te quer bem, por que você insiste em brigar mesmo quando está tudo bem, por que você insiste em dar mancada quando parece tudo tão certo. A gente tinha tudo pra dar certo, mas a gente só conseguia fazer dar errado. Parece tão errado ficar parada e deixar que a distância aumente entre a gente, mas também não parece nada certo pra mim ficarmos juntos.

Não te aceito mais porque você não me acrescenta em nada. Você não soma, apenas me consome. Você não me aquieta, não me preenche, não me finda. Não te aceito mais porque não existe começo, meio ou fim pra gente. Não existe solução, nem motivos pra continuar. Eu tentei, você sabe. Me esforcei e você não pode duvidar disso. Eu não quero mais me apressar pra ter que te acompanhar, porque você vive correndo de mim e, desculpa, eu não nasci pra ser esteira. Quem sabe quando você tentar virar a nossa página e resolver escrever uma nova história, você perceba que entre as linhas que você escreve agora existe um pouco de mim, e mesmo que eu já tenha me tornado passado você vai perceber que servi pra te lembrar que notar alguém só quando essa pessoa não está mais ao nosso lado dói e incomoda. A vida vai continuar e junto a ela vou carregar uma história que tinha tudo pra ter dado certo e ao mesmo tempo não tinha nada.

BLOQUEAR UMA PESSOA NO FACEBOOK NÃO SIGNIFICA BLOQUEAR DA VIDA

Vi que você estava online e a minha vontade era de deixar o orgulho de lado e te mandar um "Oi", te perguntar como estavam as coisas. Mas lembrei que já fiz isso tantas vezes e que, quando volto atrás, você vem. Sempre que te procuro você some. Sempre que falo com você, minhas mensagens ficam pra depois. Voltei pro meu lugar, respirei fundo e repeti em silêncio: "Dessa vez eu não vou falar". Passaram horas, dias, semanas. Até que você aparece com um "oi", fingindo estar interessado em minha vida quando, na verdade, só queria saber se eu estava bem sem você, embora você não tenha nem ao menos se importado quando eu estava mal. Dessa vez, deixei o celular em cima da cama. Sem me interessar pelo barulho da notificação, deixei a tua mensagem ali, descendo, descendo e descendo. Enquanto eu sigo, em frente, sigo pra frente, livre e sem você em mente.

Eu te enviava mensagens e você não respondia. Eu te via online curtindo e comentando nas fotos dos outros. Eu via você respondendo os seus amigos enquanto me deixava pra depois. Você não me respondia simplesmente porque não queria responder. Você tinha tempo, era só abrir a minha janela, sabe? Mas você preferia me deixar na geladeira e me manter na expectativa. E eu idiota, insistia em continuar te enviando mensagens. Eu pensava: "Talvez ele não tenha visto ainda". E eu enviava uma, duas, três vezes. E mais uma vez eu me enganava: "Minha Internet tá uma bosta, acho que ele nem recebeu". Tudo bem que a minha operadora às vezes me deixa na mão e eu até já me acostumei com isso. Mas você recebia e não respondia porque não queria responder. Até que a ficha caiu e eu não te procurei mais, até que eu parei de encher o seu saco, de ficar perdendo tempo com a sua indiferença. Te deixei de lado e saí do seu jogo.

Quando você percebeu que as minhas mensagens não chegavam mais, que eu finalmente tinha desistido, você me escreveu um: "E aí, meu bem". Desculpa, mas esse seu "meu bem" (que, pra mim, parece mais um "eu não me importo com você" ou, sendo mais direta ainda, "tô pouco me fodendo pra você") vai ficar pra amanhã, ou depois, ou pra quando eu quiser responder, se eu quiser responder, se eu acordar disposto a te responder.

Eu te bloqueava no Facebook, te removia do WhatsApp, tentava esquecer o número do seu celular e deixava de te seguir pela internet, mas sempre voltava atrás porque eu sentia uma curiosidade incontrolável de saber como você estava, onde estava, com quem estava. Eu tinha essa mania de remoer a dor, de estender a decepção, de mexer na minha ferida, de jogar o passado pro presente e empurrar com a barriga o que já nem fazia tanto sentido pra mim. A troco de quê? De nada, eu sei. Até que eu percebi que não adiantava te bloquear nas minhas redes se eu sempre voltava atrás. Você já me fazia mal e eu sabia disso. Mas tem coisas que a gente não quer e insiste em não acreditar, porque acreditar na realidade às vezes dói. A gente prefere mentir pra nós mesmos dizendo repetidas vezes: "Vai dar certo, vai dar certo, vai dar certo". Até que chega o dia em que a gente aceita que se tem que doer, é melhor que doa agora, que o que não mais acrescenta não se leva adiante, e que bloquear uma pessoa no Facebook não significa bloquear da vida.

E um dia a gente aprende que certas coisas não merecem o nosso tempo e é por isso que a gente deve parar de correr atrás de alguém que não está nem aí. A gente precisa deixar algumas coisas irem embora pra abrir caminhos pras coisas melhores.

ACEITE QUE AS PESSOAS MUDAM POR ELAS MESMAS, QUANDO QUEREM MUDAR, E NÃO PORQUE ALGUÉM TENTOU MUDÁ-LAS

Achei que o amanhã seria terrível de suportar sem você, que tudo iria parecer tão sem graça, que eu não iria conseguiria te superar. E, na verdade, foi mais fácil do que eu imaginava. Tudo já estava tão raso que eu nem senti a maré recuar, tudo já estava tão sem graça que eu nem percebi quando comecei a rir e não me importar mais, tudo já estava tão morto que foi fácil me dar conta de que, sem você, tudo voltaria a ser como era antes. Sem brigas, sem estresse, sem abusos e sem exigências.

Foi você quem acabou com a confiança e me fez te cobrar explicações sendo que eu nunca fui de perder tempo com isso. Você me fez ligar pro seu amigo pra ter certeza de que você estava na casa dele, o que eu sempre achei atitude de gente desequilibrada e insegura. Você me fez perder tempo fazendo perguntas que você nunca respondia, tentando entender coisas que você jamais esclarecia. Relacionamento é pra ser transparente e sincero, não é? Por que você insistia tanto em não ser?

Você me fez perder o controle de mim, esquecer de mim nas horas que eu mais precisaria. Você me fez tomar um rumo que eu não conhecia, entrar em caminhos que não me levaram a lugar algum e correr atrás de você como um cachorro corre atrás de um galho. Eu me sentia uma pessoa péssima porque você me fez se sentir assim. Você me fez acreditar ser alguém que eu não era. Você me transformou em alguém que eu não queria ser.

Você me fez sentir mal comigo mesma por acreditar em você quando você mentia e por achar que eu estava errado porque você dizia estar certo. Seus amigos me achavam maluca, minhas amigas diziam que eu era cega demais. Você me fazia de idiota pros outros. Cedo ou tarde a gente sempre descobre as coisas que machucam e sempre aparecem respostas para as perguntas antigas. Quando a gente decide manter o que machuca a gente, a ferida nunca sara, sempre volta a doer. Eu tinha decidido te perdoar fazia tanto tempo. Eu tinha escolhido deixar os momentos bons pesarem mais. Tentei levar isso até onde deu, juro que tentei. Mas é que o amor é pra ser amigo, ameno, parceiro. E você já estava longe disso.

Tudo passa com o tempo, mas o tempo passava e eu não acreditava. Amanhã é outro dia. Até que um dia eu acordei sem te perceber e me percebi. Ainda doía ver como pude me apaixonar por alguém que nunca mereceu. Como permiti que tudo isso acontecesse. Dizem que decepção não mata, ajuda a viver. E eu estou vivendo, me tornando alguém melhor.

Você acabou com o amor bom, livre e saudável que eu te dei. Você trouxe as brigas, as dores de cabeça e o desgaste para o relacionamento. Você colocou toda a culpa em mim, como se eu nunca tivesse me importado com a gente. Apesar dos seus erros, eu nunca tive coragem de nos deixar. Preferi esquecer e acreditar que você iria mudar. Todo mundo erra, não era isso que você sempre dizia? Preferi acreditar que você iria amadurecer com os erros, que iria mudar pra melhor, que cumpriria todas as suas promessas de mudança. Você dizia que faria isso por mim, e eu esperei muito por isso, até que escolhi seguir em frente e te deixar pra trás. E foi abrindo mão de você que eu me encontrei, foi sem o seu amor que eu aprendi a me amar. E me amando, me tornei outra. E sendo outra, não existe mais você. Não tem a menor possibilidade de existir.

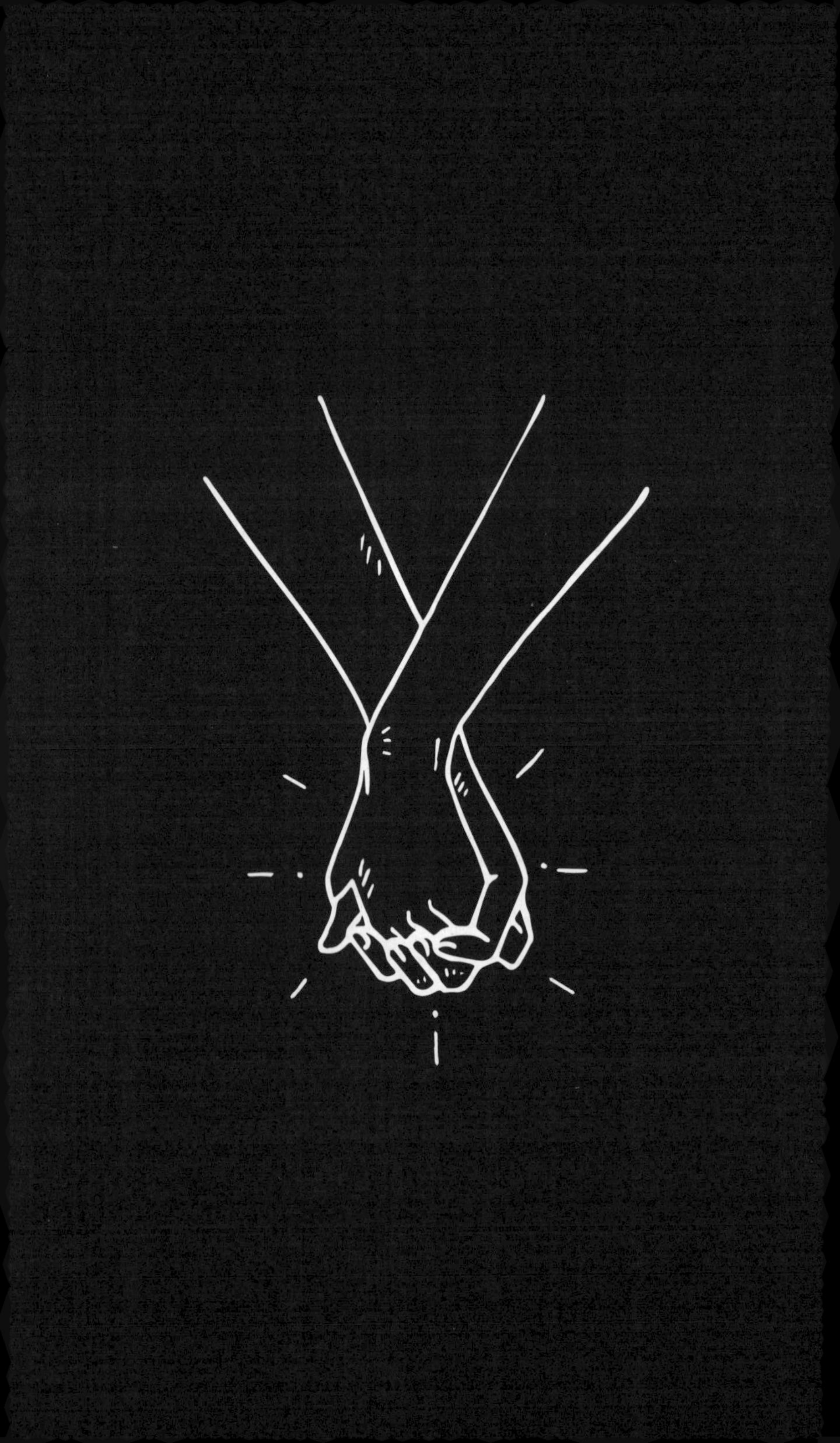

A PESSOA CERTA É AQUELA QUE TE PROVA, TODOS OS DIAS, QUE TE QUER NA VIDA DELA

SOBRE AQUELA MENSAGEM: "É MELHOR PARARMOS POR AQUI. FICA BEM"

Eu até poderia te ligar agora, como já liguei tantas outras vezes só para me arrepender depois, pra te lembrar do calor dos meus braços, do vinho à beira-mar, dos filmes no sofá da minha casa, do cafuné no chão da sua sala, dos nossos pés gelados por fora do edredom, das músicas que você errava o refrão, dos tantos livros que esqueci no banco do carro, da minha companhia nos lugares que só você conhecia e eu nem gostava tanto, do seu cotovelo batendo na minha cabeça quando você tentava me fazer algum carinho, do seu celular vibrando, eu insinuando que alguém estava quase te roubando de mim e você sorrindo me chamando de bobo. Poderia te ligar pra te lembrar de mim dizendo que preciso levantar da cama porque tenho aula e o professor não tolera atrasos, e você me puxando pra ficar mais um pouco, e eu cedendo por você, e você perguntando se eu prefiro ovo mexido ou mal passado, eu te respondendo – enquanto calço o sapato – que tanto faz porque ver você de samba-canção e com o cabelo embaraçado no fogão era engraçado e ao mesmo tempo me fazia um bem danado. Lembrar da sua mania de olhar o Facebook enquanto come, da gente puxando um assunto sobre a novela e no fim marcando uma viagem no próximo final de semana, eu dizendo que preciso ir, você me encarando como se dissesse pra ficar mas eu não podia. Você me prometeu que voltaríamos a nos falar, lembra? Daí, você me acostumou ao seu cheiro, seu beijo, seu corpo, me escancarou a vida e me deixou assim, totalmente despreparado pra hora em que você resolvesse partir.

Eu deveria te mostrar aquelas fotos da nossa última viagem e te chamar atenção pro tamanho do seu sorriso ao meu lado, deveria te pedir pra olhar as nossas conversas de dois meses atrás, onde a gente se tolerava e se resolvia. Você disse que tinha adorado aquela nossa saída porque eu te fazia mais feliz do que qualquer outra pessoa já tinha te feito. Você disse que eu estava levando tudo a sério demais e tudo que você queria era me conhecer. Me conheceu. Eu não tive medo de te dizer os meus defeitos e falar sobre o quanto fui idiota nas minhas relações anteriores. Você disse que estava em um outro momento e mesmo que gostasse de mim não era o suficiente pra ficar junto. Foi difícil te entender.

Você disse que precisava conversar e começou com um: "Eu até gosto de você, mas o problema é comigo". Me falou que a gente já estava indo longe demais e que não queria me enganar, não queria que eu tivesse tantas expectativas. "É melhor pararmos por aqui" foi a resposta que você me deu quando perguntei o que tinha acontecido. Você me deu mil e uma desculpas pra não ser minha. Disse que não queria se envolver só depois que eu já estava envolvido. Eu te disse que a gente poderia tentar, não custava tentar. A gente já se dava tão bem, parecia tudo tão certo. Te pedi pra conversar, implorei pra te ver. Mas a última conversa que tivemos foi por mensagem e terminou com um: "Fica bem". E doeu, pra caralho.

Fiquei péssimo, mas passou. Te superei e aceitei que se não foi com você, um dia, será com alguém. Desde que você se foi aprendi um bocado com a sua ausência. Eu achava que os amores verdadeiros eram apenas aqueles que permaneciam ao nosso lado, mas me dei conta que os amores sinceros também são aqueles que permanecem dentro da gente mesmo depois de terem ido. Que existem pessoas que entram na nossa vida e bagunçam tudo ao irem embora, e existem pessoas que passam por nós, que nos ensinam muito mais do que achávamos saber, que somam e nos apresentam novas ideias, manias e lugares pra vida. Quero que você saiba que faz parte da segunda fatia. É fácil sumir sem prestar socorro, aconselhar que o outro fique bem quando na verdade, você sabe que não vai ficar. Difícil é olhar nos olhos. De todas as lições que aprendi com tudo isso, a última mas não menos importante é que eu jamais seria capaz de dar adeus pra alguém sem nem olhar nos olhos dele.

NÃO NASCI PRA SER CONTATINHO, NASCI PRA SER MOZÃO

Pensando bem, acho que eu me espelhei em você e acabei depositando todas as minhas expectativas em uma pessoa que não estava disposta a realizar nada ao meu lado. Eu achava que você seria aquela pessoa foda que eu procurava, que iria me destravar e me tirar aquele medo de mergulhar de cabeça, sabe? Mas, na verdade, você foi a pessoa que me travou ainda mais.

Acho que o problema foi eu ter pensado que você seria capaz de me surpreender e, por isso, ter adiado cada vez mais minha partida. Eu sempre esperei mais de você porque no fundo, mesmo com aquele medo de me machucar, eu sempre te dei tudo. Meu erro foi achar que você seria aquela pessoa que enviaria uma mensagem de madrugada só pra me dizer o quanto sentia saudade, que você seria aquela notificação me perguntando se dormi bem ou como foi o meu dia. Meu erro foi achar que você seria aquele barulho de mensagem pra me avisar que queria me ver depois do trabalho.

Meu erro foi achar que você seria aquela pessoa que iria se interessar pela minha vida da mesma maneira que eu me interessei pela sua, foi pensar que você gostava de mim da mesma intensidade que eu comecei a gostar de você, porque sempre que eu te dizia que iria fugir você me pedia pra ficar, sempre que eu dizia pra você que era melhor a gente acabar essa coisa estranha entre nós pra eu não me machucar, você me dizia pra ter calma e deixar rolar.

E o meu erro foi exatamente deixar rolar, cara. E de tanto rolar, nós nos perdemos no meio do caminho, cada um foi para um lado e você desapareceu. Às vezes, por teimosia, a gente tenta insistir em algo que já está predestinado a dar errado. A gente paga pra ver no que vai dar. E com você, eu paguei para ver porque eu achava que no final das contas iria valer a pena. Eu achava que você iria trazer de volta aquela esperança de amor que eu tinha perdido, entende? Eu achava que você seria aquele alguém que me apresentaria o amor leve e bonito, que me faria sentir o amor de um jeito certo. Mas você não foi. Eu te queria tanto que passei a acreditar que você era o suficiente pra mim, comecei a achar que o seu tamanho estava bom pra que eu encaixasse o meu mundo. Eu pensei em me diminuir um pouquinho só pra poder caber direito em você. Mas olha só que burrice, cara! Eu achava que a minha essência merecia o seu frasco vazio.

Eu estava disposto a gostar de você da maneira mais bonita que você pudesse conhecer, mas a ficha caiu antes que eu embarcasse nessa viagem cujo destino não iria dar em lugar nenhum. Sabe aquele estalo que dá na vida quando a gente está indo pra um caminho errado e finalmente desperta? Foi assim que eu acordei e decidi que merecia mais, foi assim que eu te tirei da minha vida.

Porque eu sei que não mereço alguém pra confundir os meus sentimentos e me fazer duvidar do amor. Eu não mereço alguém que não aparece, que sempre tem uma justificava pra não me ver. Eu não mereço alguém que diz que está com saudades, mas quando tem a oportunidade de estar comigo, escolhe sumir.

E desculpa, meu bem, mas essa pessoa linda e maravilhosa por fora e por dentro não nasceu pra ser contatinho de ninguém, nasceu pra ser *mozão*!

QUANDO A GENTE COMEÇA A SE ENVOLVER...

Você conhece a pessoa, fica, gosta, se envolve, começa a sentir ciúmes e um bocado de sentimentos estranhos e aí bate um medo danado, não é? Você não sabe o que fazer quando sente que tem um sentimento crescendo de forma desproporcional dentro de você. Você não sabe se continua ou se foge e, quando menos percebe, você se pega "stalkeando" a vida daquela pessoa sem ter noção do tempo, acorda com vontade de falar com ela e só consegue dormir tranquilo quando sabe que ela está bem. É um negócio doido que começa a bagunçar lá dentro da gente, sabe? A gente não sabe o que essa bagunça vai causar no final das contas e é essa incerteza que faz a gente querer correr pra longe, sumir, desaparecer.

Quando você menos percebe, a saudade bate na porta pra te tirar o sono, você lembra daquela pessoa a todo o momento e quanto mais tenta tirá-la da cabeça, mais ela parece se multiplicar como um vírus. O sorriso daquela pessoa se torna o remédio pros seus dias ruins, você passa a querer estar junto, a sentir necessidade de ver, ouvir, conversar. Você começa a construir expectativas e é exatamente aí que mora o perigo.

Você começa a sentir que precisa ter notícias daquela pessoa porquê de alguma forma o silêncio e a distância te incomodam. Quando o outro simplesmente some, isso te confunde. Quando o outro se ausenta, isso te machuca como uma adaga cravada no seu peito. Quando o outro simplesmente não consegue superar as suas expectativas, até mesmo aquelas mínimas expectativas como uma mensagem de "Bom dia", "Quero te ver", "Tô com saudade de você", as coisas começam a desmoronar aos poucos.

Você espera que o outro te faça bem, e na verdade não tem nada de mau em esperar isso de alguém. Mas nem todo mundo vai agir como a gente espera, sabe? Paciência! Você não sabe se permanece ou se pula fora. A maioria das pessoas escolhe fugir por medo de se envolver. Eu já escolhi fugir mesmo quando a minha vontade era de me envolver ainda mais. Eu já fui embora por medo, sabe? Por medo do que o outro pudesse fazer com os meus sentimentos, por medo de sair da areia e acabar me afogando, medo de que eu me perdesse pra tentar encontrar alguém e depois esse alguém fugisse de mim – e foi por isso que eu fugi antes.

Mas, confesso, se o outro soubesse o quanto eu queria ficar, ele jamais deixaria eu ir. Quando eu disse: "Acho melhor a gente parar por aqui", eu queria na verdade ter dito: "Eu tô com medo disso que tô sentindo". Só queria que o outro fosse abrigo pra eu entrar lá e sair só quando todo o medo fosse embora.

SOBRE RELACIONAMENTOS ABUSIVOS

Ele vai te machucar hoje, e amanhã vai dizer que te ama, e te convencer disso na base da conversa. Ele vai te ignorar hoje, mas amanhã vai dizer que sente sua falta até que você acredite que ele realmente sente. Ele vai te deixar pra depois hoje, mas amanhã dizer que te quer, que não vive sem você, até que você se convença de que ele realmente te ama. Ele vai errar hoje, mas amanhã vai te pedir desculpas e você vai aceitar. Aceitar as desculpas dele é a receita para que ele erre de novo e volte a pedir as mesmas desculpas de sempre. Afinal, ele já sabe que você vai estar esperando ele voltar, esperando as desculpas dele. E moça, gente safada pode até aprender na vida e amadurecer um dia, mas muitos escolhem continuar sendo o mesmo de sempre. E não é você quem vai fazer ele enxergar isso, é a vida! Eu até te entendo, às vezes a gente, de tão cego, acaba acreditando em certas mentiras. Por amor a gente acaba perdoando, aceitando, tolerando, acreditando. Mas até que ponto vale a pena se adiar por amor, se machucar por amor, se enganar e esquecer de si mesma pelo amor dos outros?

Ele vai te fazer acreditar que ele não errou, que de alguma forma a culpa foi sua e que ele só agiu assim por conta dos seus erros. Ele vai te falar isso olhando nos seus olhos se preciso for, porque tudo que ele quer é que você acredite no amor que ele diz sentir por você. Você precisa escolher se acredita ou põe um ponto final nisso.

Ele vai embora e, quando perceber que você está conseguindo levar a vida sem ele, vai retornar pra tentar te confundir e te tirar do caminho que você estava. Ele vai falar sobre vocês, vai tentar te lembrar dos momentos que vocês passaram juntos e vai tentar te fazer enxergar que os piores momentos que ele te fez passar foram só obstáculos que vocês enfrentaram juntos. Ele vai perceber quando a sua ferida estiver sarando e vai arrancar casquinha até sangrar de novo, sabe?

Ele não vai sentir saudades de você, mas vai bater aquela carência e, quando você menos esperar, ele vai te ligar dizendo que está com saudades e que quer te ver; mas a saudade dele parece acabar depois da transa, você sabe, não é? Ele vai ficar com uma, vai adicionar outra no Whatsapp, vai conversar com mais uma até sair com outra. Ele não vai lembrar de você antes de dormir, muito menos ao acordar, mas quando se sentir só ele vai te procurar. Ele vai tentar te convencer de que não importa quantos passos ele dê, ele sempre estará disposto a voltar pra você, porque na verdade, você estará sempre de braços abertos pra aceitá-lo quando ele bem quiser.

Quando tudo parecer ir bem pra você, ele vai aparecer. Quando você estiver bem consigo mesma, ele dará o ar da graça. Ele vai ser como aquela pedra no seu sapato, aquela roupa apertada que nem te serve mais e você insiste em manter no armário. Ele vai ser como um muro bem no seu caminho que impede que você siga em frente, entende? Ele vai ser aquele relacionamento abusivo que você não sabe se vai ou se fica, e você não vai conseguir saber se ele realmente te ama ou se é tudo da boca pra fora, porque ele é convincente no que ele diz. Mas vai por mim, isso já deixou de ser amor e se tornou abuso.

SE FOR PRA CONHECER ALGUÉM, ENTÃO QUE SEJA ALGUÉM QUE VALHA A PENA

Se for pra conhecer alguém, que seja alguém que te tire o tédio, não a paciência. Que seja alguém que te acalme no meio de suas crises e que te fortaleça em seus receios. Se for pra ter alguém, que seja alguém que queira estar junto, que tenha vontade de ir com você pra onde quer que você vá e que esteja disposto a te levar nos lugares que você ainda não conhece. Se for pra ter alguém, que seja alguém que deixe qualquer ambiente confortável pra você, seja nos lugares bacanas ou nos programas de índio.

Se for pra conhecer alguém, que seja alguém que queira te ver sempre sorrindo, que jamais queira tirar o sorriso do seu rosto. Alguém que entenda que às vezes vocês vão se desencontrar, que em alguns momentos as diferenças de vocês vão causar colisóes, mas que, no final de tudo, não desista de reencontrar e resolver as coisas.

Se for pra ter alguém, que seja alguém que divida com você os problemas, os sonhos e a vida, não só a cama. Alguém que te traga paz na maior parte do tempo, mas que às vezes brigue com você, porque isso é sinal de que existe vontade de fazer as coisas darem certo. Se for pra ter alguém, que seja alguém que se interesse por você sem tirar nem pôr nada, alguém que te aceite por completo, que entenda os seus defeitos, suas manias e os seus gostos. Alguém que se preocupe com você quando nem você mesmo se preocupar tanto, alguém que demonstre afeto não só quando as pessoas estão por perto, não somente nas redes sociais, mas que te ame na distância e na ausência também.

Se for pra ter alguém, que vocês combinem, mas que estejam abertos e saibam que ninguém é tão igual assim, alguém que você respeite e que te respeite nas diferenças. Que ele não te faça perder tempo, que não seja o motivo das suas lágrimas e sim a razão do seu sorriso, que ele se faça presente sem que você precise pedir atenção, que ele seja sua companhia estando do seu lado ou indo estudar em outra cidade, que ele te faça ter certeza de que está na direção e no caminho certo.

Se for pra ter alguém, que seja alguém que te agarre quando você precisar de apoio, que te estenda os braços e o corpo inteiro se for preciso, alguém que não te deixe sozinha. Que seja alguém que te abrace forte, que te inspire e te faça querer ser melhor e dar sempre o seu melhor no mundo. Se for pra ter alguém, que seja alguém que você possa confiar sem pensar duas vezes, que você acredite sem que precise fazer tantas perguntas, que você se sinta segura o suficiente pra não fuçar o celular ou bisbilhotar a vida dele com medo de estar sendo enganada.

Se for pra ter alguém, que seja alguém que te dê apoio nas noites de estudos, que ouça os seus projetos e acredite que você possa realizá-los. Alguém que torça pra você naquela entrevista pro emprego dos seus sonhos. Se for pra ter alguém, que seja alguém desastrado, organizado, bagunçado, esquecido, não importa, mas que seja alguém que lembre de você não só quando precisa da sua ajuda, mas principalmente quando sente que você precisa de apoio.

Se for pra ter alguém, que seja alguém que não necessite te dar o mundo pra te surpreender, mas que te surpreenda nos mais simples gestos de carinho como um bolo pra comemorar o seu aniversário, uma tentativa de café da manhã mesmo com os pães torrados demais e o café quase frio, um bilhete de bom dia dentro do bolso do seu casaco, um beijo inesperado ou um abraço daqueles que confortam a alma quando a gente mais precisa.

Se for pra ter alguém, que seja alguém que faça planos com você e tenha vontade de realizá-los ao seu lado, alguém que te valorize, que queira crescer com você e que tenha orgulho das suas conquistas, mesmo que sejam as mais pequenas. Se for pra ter alguém, que seja alguém que te faça se sentir livre, completa e inteira, alguém que esteja ao seu lado pra te transbordar e não pra te esvaziar, te diminuir ou te repartir.

Se for pra ter alguém, que seja alguém que faça valer, que te acrescente, te ensine e te aumente, não alguém que te diminua ou só te critique. Se for pra ter alguém, que seja alguém que some e que não suma, que cuide e não faça doer, que traga amor e não caos.

A SAUDADE NÃO VAI ME FAZER VOLTAR

Hoje eu consigo enxergar que esse amor que você dizia sentir por mim sempre foi maquiado de abuso. A sua admiração por mim sempre foi encoberta pelo orgulho, seu afeto pelo egoísmo, seu carinho pelo interesse, suas desculpas pelas suas mentiras. Você nunca conseguiu me perceber e eu sabia que você só iria me enxergar quando se fodesse na vida, quando percebesse que tinha me perdido e não iria me ter nunca mais, quando notasse a minha ausência doendo em você e a saudade apertasse seu peito Eu sabia que um dia você iria se tocar e perceber a merda que fez, porque enquanto me tinha você só me maltratava, falava mal e me botava pra trás. Agora que não me tem mais você me pede pra voltar, mas já é tarde demais pra isso.

Resta te dizer que a minha ficha demorou, mas finalmente caiu. Resta te dizer que eu vou sair, conhecer gente que valha a pena e lugares bacanas pra passar o tempo. Eu vou continuar na batalha pra realizar todos os meus sonhos e alcançar os meus planos. Eu posso até sentir falta de você em algum momento, mas isso vai passar rápido. Só quero te dizer que eu vou continuar a minha vida da minha maneira. Mesmo querendo que você estivesse dentro dela, eu sei que não posso e nem devo te incluir porque você foi infeliz demais e escolheu errar quando poderia acertar, preferiu o caminho mais curto e preferiu me machucar.

Eu queria poder estar contigo, ter orgulho de te apresentar aos meus amigos e ter o prazer de fazer coisas ao seu lado, mas eu sei que nada disso é possível agora. Não faz mais sentido eu estar ao seu lado, entende? E por mais que me doa te dizer isso, decidi te tirar da minha vida. Andei sentindo sua falta. Por um momento pensei em te aceitar de volta, mas a vida logo se encarregava de me mostrar que eu mereço alguém melhor. Andei querendo estar com você, dormir ao teu lado assistindo algum filme e no silêncio do quarto, ouvir a sua respiração. Andei querendo te dar as mãos novamente e permitir, mais uma vez, que você seguisse comigo por aí, pra qualquer lugar que me trouxesse a paz que o seu sorriso um dia me trouxe, mas logo a vida me mostrava quem você se tornou: alguém que deixou de me trazer paz pra ser confusão. Dói ver que foi a você que eu me dei por completo, que deixei você conhecer sonhos, meus planos, meus medos e receios, te contei sobre minhas decepções, minhas fraquezas. Te dei meus gestos, meus gostos, pra quê? Pra no final você me fazer duvidar de tudo?

Pra quê voltar? Voltar pra no final você me fazer duvidar de tudo de novo? Pra, mais uma vez, eu me machucar e perceber que você não vale o meu esforço? Não faz mais sentido te dar as mãos e permitir que você seja a minha bússola, minha direção e meu conforto nos dias difíceis, porque você não é mais o meu ponto de equilíbrio. É difícil pensar assim, mas você deixou de trazer conforto e se tornou um problema, entende? O máximo que você consegue ser é um erro, e dói pensar que quando te vi pela primeira vez tive a sensação de que você seria a pessoa que me faria feliz, a pessoa que eu teria ao meu lado pra sempre; mas, agora eu consigo perceber que essa pessoa não é você e, se um dia foi, hoje deixou de ser.

QUEM QUER ARRUMA UM JEITO, QUEM NÃO QUER ARRUMA UMA DESCULPA

Quem quer não adia, aparece. Quem quer te ver agora não vai deixar pra amanhã, mesmo que a distância seja incalculável ou já seja tarde pra isso. Quem quer não deixa pra depois o que pode ser feito agora. Quem quer ficar fica sem que a gente precise implorar. Quem quer cuidar, simplesmente cuida. Quem quer, provavelmente não vai suportar a saudade, não vai poupar sentimento e entrega pra te ter.

Quem quer arruma um jeito. Quem sente vontade faz com que a saudade vire encontro, com que o cinema vire motel, faz o cansaço virar amasso, faz dias frios ficarem mais quentes. Quem quer é capaz de viajar 100 quilômetros só pra te ver, e não interessa se o tempo fechou tão rápido, quem quer não vai pensar duas vezes em te ver hoje ou deixar pra próxima semana. Quem quer não vive de conversas, não perde tempo, não arruma mil e uma desculpas pra justificar que não vai dar pra te ver hoje porque o dia foi cansativo demais.

Quem tem saudade do seu sorriso não se contenta só em ouvir a sua voz pelo celular, quem quer estar com você sentirá necessidade de te ver pra conversar sobre como foi o seu dia e sobre todas as coisas que te fizeram perder a cabeça, e vai entender que é melhor te abraçar nos momentos mais difíceis do que te mandar um "Fica bem" por mensagem. Quem quer te fazer bem vai bater na sua porta com chocolates que comprou no meio do caminho pra sua casa e com cervejas – é que o dinheiro era pouco e o vinho era caro. Quem quer realmente te ver, não esperará por um feriado ou por dias melhores, em que não tenham provas ou trabalho pra fazer.

Quem quer te ver, não vai se lamentar, vai vestir a roupa mais próxima e sair com o sorriso mais sincero ao seu encontro. Quem quer, não vai reservar um tempinho pra você ou um horário fixo pra te ver, vai te reservar a vida e vai te ensinar que quando a gente ama a gente não mede esforços, a gente não quer o outro pra preencher aquele espaço que sobra na cama ou aquele tempo vago nos finais de semana. Quando a gente quer, a gente aceita o outro pra somar na vida, pra abrigar e torna-se abrigo, pra unir dois mundos.

Quem quer ficar, vai fechar os olhos em seu peito e se permitir acordar só no outro dia, sem medo. Quem quer, vai fazer corpo mole pra não levantar da cama e não sair da sua vida, vai roubar suas manhãs, vai jogar os braços por cima de você e quando você perguntar se a posição da sua cabeça tá doendo nele, ele vai te responder que não. Quem quer ficar na sua vida não pensará duas vezes antes de entrar, ficará pro café da manhã e se possível pro jantar, porque o gosto dos seus beijos é viciante e ele julga que seria burro se não os provasse ao máximo.

Quem quer ficar vai encostar a cabeça em seu ombro e vai te deixar descobrir todos os medos e segredos, erros e defeitos, vai apertar a sua mão pra tentar te dizer algo em silêncio, e vai se despedir de você sem te tirar nada, te permitindo a liberdade e te deixando com aquela sensação de querer viver tudo e mais um pouco ao lado dessa pessoa. Quem quer você tem vontade de te repetir, de tomar todos os gostos com seu sabor, de provar todas as aventuras com você sem te dizer que precisa pensar, sem te dizer: "hoje não dá", "deixa pra amanhã", "não tô a fim". Porque quem quer, arruma um jeito. Quem não quer, arruma uma desculpa.

ERA SÓ VOCÊ SE PERMITIR

Estava aqui pensando no quanto eu te quis. Eu queria muito poder te ligar no meio da madrugada pra te dizer que a saudade bateu aqui na porta e que eu precisava te ver. Eu queria poder te ligar quando você estivesse gripado, poder me preocupar com a sua doença, queria poder ficar junto de você não somente nos momentos em que você precisasse de mim mas, também, quando você pensasse que não precisaria. Queria poder te provar que o seu dia comigo seria sempre melhor, e que por mais que você tivesse enfrentado problemas no trabalho, eu te traria a felicidade de volta e colocaria, ao menos, um sorriso no seu rosto. Era só você deixar.

Eu estava aqui pensando no quanto eu tentei, sabe? Eu tentei me aproximar de você e, mesmo cansado, tentei correr atrás. Eu queria muito poder te enviar uma mensagem, deixar de olhar a janela do WhatsApp a cada dez minutos só pra saber se você está mesmo online e te mandar um: "Passa aqui em casa pra gente assistir um filme". Mas eu já nem tenho certeza se você me responderia com um "sim".

Eu queria poder bater na sua porta sem hora marcada, queria ter a certeza de que eu seria bem-vindo e que você me permitiria entrar pra conhecer não somente os cômodos da sua casa, mas os cantos do seu corpo; não somente a decoração do seu apê, mas tudo aquilo que decora a sua alma e monta a sua personalidade. Era só você se permitir.

Eu queria que você se abrisse pra mim, sabe? Queria que você tivesse coragem de se jogar em meus braços de uma vez por todas, de esquecer o seu passado e acreditar em mim. Acreditar que eu seria capaz de fazer diferente. Que eu não te faria mal como alguém, algum dia, te fez.

Eu queria que você escancarasse a sua vida, menina. Sem receio, sem medo. Queria conhecer seus defeitos um por um e apresentá-la os meus. Queria bater um papo com o que te traz medo, conhecer as suas fraquezas e ter a segurança de te mostrar que existe muita fraqueza em mim também.

Eu quero te dizer, menina, que queria muito poder ser alguém pra ocupar o lado esquerdo da sua cama e do seu peito, queria ser alguém pra te acompanhar nas viagens, planos e tropeços. Eu queria poder conhecer o seu inteiro e, assim, te transbordar com o meu. Eu queria tanta coisa que você nem imagina. Mas a gente não pode fazer o outro enxergar o quanto a gente está disposto a fazer bem quando o receio dessa pessoa é justamente de se envolver e se machucar de novo. Tudo acabou pelo seu medo de se permitir, mas eu não te culpo e, na verdade, eu até te entendo. Quando alguém machuca a gente, a gente constrói um muro pra tentar se proteger. Eu só não me arriscaria a escalar esse muro, porque você sabe que por mais que eu queira ficar, não tenho nada a ver com isso.

Eu te entendo e espero que você se cure desse alguém que não foi capaz de te fazer bem. E entenda, principalmente, que nem todo mundo é incapaz de enxergar e sentir o amor. Era só você se permitir.

A PESSOA CERTA É AQUELA QUE TE PROVA, TODOS OS DIAS, QUE TE QUER NA VIDA DELA

A pessoa certa é aquela que mesmo em silêncio faz seu sorriso se alongar. Que só sossega quando te vê bem, que fica ansioso por você, que torce pelos seus sonhos e que vibra quando você os alcança. A pessoa certa é aquela de sentimento sincero, aquela que te deixa livre pra ir até onde você quiser, que te solta pra vida, que está sempre disposto a te ensinar e a aprender, a te dizer o que se passa e a te ouvir quando você precisar desabafar.

A pessoa certa é aquela que aceita suas escolhas sem fazer cara feia, que compreende que o seu jeito confuso, suas manias e os seus defeitos fazem parte de você e querer mudar isso é como te pedir pra que se ajuste a expectativas que não te pertencem.

A pessoa certa é aquela que compreende que você é diferente e é justamente por isso que as coisas têm tudo pra serem mais interessante. A pessoa certa é aquela que entende que você carrega outros sonhos e vontades pessoais e que, por mais que você goste de cinema a dois e de Nando Reis, você precisa de um tempo sozinha pra se ajustar. A pessoa certa é aquela que não é egoísta com você, que não suga as suas energias, que não te cansa e não faz do seu dia um desastre. A pessoa certa é aquela que te acrescenta, que faz o seu tempo valer a pena quando está com você e que aproveita cada desenho do seu sorriso e jamais desejaria tirá-lo do seu rosto. A pessoa certa é aquela que soma na vida. E gente que soma na vida deixa as coisas mais leves pra nós. E quando as coisas ficam mais leves pra gente, os momentos se eternizam e tudo simplesmente acontece naturalmente.

A pessoa certa é aquela que deixa saudade e que, principalmente, mata sua saudade. Que te faz se sentir importante, único e verdadeiramente inteiro. A pessoa certa é aquela que está sempre disposta a te descobrir, aquela que acha que a cada dia ao seu lado é um novo dia pra te conhecer. A pessoa certa é aquela que te acha extremamente interessante mesmo quando ninguém mais acha isso, aquela que te enxerga como ninguém jamais foi capaz de te enxergar, aquela pessoa que te vê a olho nu e não te deixa sem graça. A pessoa certa é aquela que te liga quando os seus créditos acabam ou quando, por coincidência, você tenha acabado de pensar nela. É aquela que aparece pra te ver quando você menos espera, aquela que te abraça até você soltar ar pela boca, aquela que te beija como se não tivesse te visto há anos, aquela que te doa o peito pra você dormir e a vida pra você acampar, que entrelaça os dedos em seus cabelos, que divide um banho com você, que enxerga um motivo pra continuar ao seu lado nas coisas mais simples, porque gente que consegue enxergar as coisas mais simples não costuma complicar e problematizar a vida, e a pessoa certa é aquela que vai se apaixonar por você principalmente por causa dos pequenos detalhes.

A pessoa certa é aquela que acredita em você, que torce pra te ver em algum palco, palestrando, agradecendo ou falando de alguma coisa que você sempre sonhou fazer, mesmo quando ninguém mais acredita em você e até quando nem mesmo você acredita. A pessoa certa é aquela que te olha com um sorriso de canto quando você está distraída, aquela que te observa dormir e se sente segura ao estar com você e tem certeza que você se sente assim também. A pessoa certa é aquela que troca magia em um só olhar, aquela que se conecta a você mesmo quando está tão distante, aquela que te faz bem só em existir nas suas manhãs e na sua vida.

A pessoa certa é aquela que reconhece os próprios erros, que se desculpa e não machuca. A pessoa certa é madura e abre mão do orgulho para admitir que nem sempre está certa em brigas e desentendimentos. A pessoa certa é aquela que não faz do amor joguinhos banais, que não usa o sentimento como motivo pra justificar um erro, que não busca provocar ciúmes por motivos bobos e com atitudes desnecessárias. A pessoa certa é aquela que te procura, te cura e que jamais te deixará na mão. Aquela que guia pro melhor abraço, que te acolhe pro melhor amasso, que te decifra em um só palpitar do seu coração.

A pessoa certa é aquela que tira o seu sossego só pra te fazer o bem, que te tira o sono por preocupação e não por decepção, que te irrita com cócegas na barriga e não com náusea causada por alguma frustração. A pessoa certa não vai te privar das coisas que você sempre fez, não vai te tirar dos seus amigos e dos lugares que você sempre foi, a pessoa certa é aquela que te apresenta novas bandas, novos lugares e novas pessoas, que te inclui em um novo mundo sem te tirar do seu universo. A pessoa certa é aquela que te dá a mão além do peito, a alma além do corpo e a mente além do coração. A pessoa certa é aquela que vai errar feio, vai te irritar e te tirar do sério às vezes, mas jamais te fará duvidar de vocês, jamais fará você se arrepender de tê-la conhecido.

A pessoa certa é aquela que te permite ser, que não te tranca, aquela que te escancara o peito porque sabe que não tem nada mais sensato e bonito que o amor sem pesos e cadeados. A pessoa certa é aquela que se torna o motivo pros seus dias melhores, que dá sentido à um domingo de frio, com edredom, Netflix e você. A pessoa certa é aquela que te dá coragem ao invés de medo, que te dá certezas ao invés de dúvidas e flores ao invés de dívidas. Por fim, a pessoa certa é aquela que te atrai e não te trai porque, no final das contas, se for pra ser igual a tantos por aí, se não for pra fazer bem, melhor você nem encontrar.

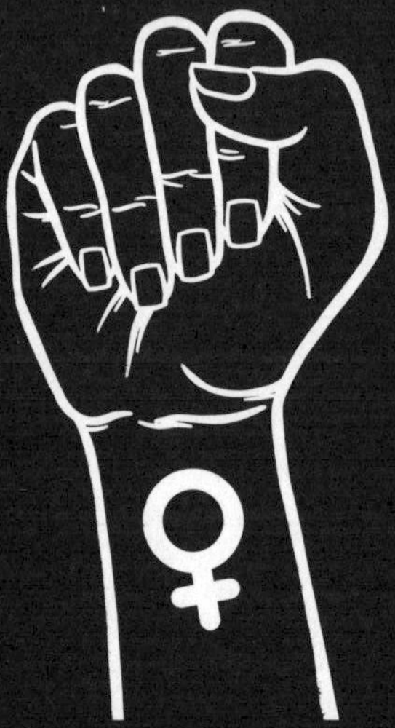

Moça, pare de querer ser a menina da vida dele e seja a mulher da sua vida!

QUEM SE AMA, SE CUIDA

Quem se ama é capaz de amar incondicionalmente alguém e é capaz de se entregar por inteiro ao outro sem ter que mendigar presença, conviver com ausência e receber metades. Quem se ama entende que é preciso estar inteiro pra amar alguém, é preciso mergulhar por inteiro, se doar por inteiro, e jamais se acostumar ao desprezo ou aceitar metades. Quem se ama entende que desapegar vai ser preciso em algum momento, principalmente quando não existir mais sentido em ficar.

Quem se ama vai bater na porta do outro pra fazer uma surpresa sem hora nem data marcada, vai ligar quando achar que alguém é realmente importante e vai se preocupar quando for preciso, mas não vai nunca procurar alguém que só se distancia ou vai correr atrás de alguém que corre em direção contrária.

Quem se ama dá a cara pra bater, mas não se mantém em pessoas que só decepcionam. Quem se ama sabe que o amor tem que ser recíproco e, se não for, seguir em frente será o melhor caminho. Quem se ama vai abrir mão do que machuca, vai deixar aquilo que não protege mais seguir em frente. Quem se ama perdoa, porque entende que ninguém é perfeito, mas não tolera repetições. Quem se ama entende que é melhor escolher esquecer alguém que não vale mais a pena do que esquecer de si mesmo. Quem se ama não entra em joguinhos, e não aceita o orgulho como forma de amor-próprio. Quem se ama, se cuida. E quem cuida de si mesmo com tamanha dedicação é capaz de cuidar do outro com toda força que carrega, com todo esforço que o amor exige. Quem se ama, tolera atrasos, mas não aceita descaso. Tolera cansaço, mas não aceita desprezo. Tolera erros, mas não aceita mentiras.

Quem se ama é capaz de escolher outros caminhos e segui--los sozinho se for preciso. É capaz de sorrir sozinho e amar sem medida a si mesmo. É capaz de aceitar um fim, mesmo que isso doa, porque quem se ama, não fica em lugares em que não é mais aceito, não permanece onde não é respeitado e não caminha ao lado de alguém que só consegue dar o mínimo do que se pode receber em uma relação. Quem se ama, se basta. E se bastar já é o suficiente pra não aceitar metades ou qualquer outra coisa que chegue pra machucar.

O AMOR NÃO MANTÉM NINGUÉM JUNTO SE NÃO HOUVER VONTADE, RECIPROCIDADE E OUTRAS COISAS MAIS

Dia desses percebi o quanto ainda somos egoístas quando se trata de amor. Algumas pessoas acham estranho quando, depois de um término, o casal mantém aquele sentimento de respeito. Geralmente as pessoas acreditam que se existe carinho e respeito depois de um término, significa que o casal ainda se gosta e que, por isso, eles escondem uma vontade de tentar outra vez, como se términos tivessem que ser obrigatoriamente uma catástrofe e como se o único motivo para acabar algo fosse a ausência do amor quando, na verdade, existem muitos outros motivos para que uma relação chegue ao fim. O amor não mantém ninguém junto se não houver vontade, reciprocidade e outras coisas mais. Amor é apenas um sentimento no meio de tantos outros e ele sozinho não faz milagre. A gente que ainda não entendeu isso.

A gente costuma acreditar que as relações não chegam ao fim se o amor não for o primeiro sentimento a morrer, como se os finais tivessem que acontecer somente quando um não suporta mais olhar na cara do outro, quando um lado sai literalmente machucado enquanto o outro lado ri. A gente acredita que o único motivo para acabar um relacionamento é quando o amor acaba, mas a verdade é que a gente pode continuar amando alguém e não continuar com essa pessoa por não gostar de estar mais com ela, por não enxergar mais motivos para estar ali.

Eu, por exemplo, já amei alguém incondicionalmente, mas cheguei num ponto em que não me fazia bem e em que eu simplesmente não enxergava motivos para permanecer mesmo que a minha vontade fosse de ficar. Eu já amei alguém e precisei ir porque o meu amor não foi o suficiente, porque faltava carinho, faltava respeito e consideração. Mesmo amando muito eu precisei dizer: "A gente precisa parar de insistir nisso e se machucar, a gente precisa admitir o fato de que a gente não se faz mais bem, que não estamos tão preocupados em manter as coisas no lugar porque a gente se acostumou com a nossa bagunça. A gente precisa pôr um fim". E assim fizemos, porque, embora o amor ainda existisse, não tinha mais vontade.

Foi um fim que precisei colocar para me manter de pé e continuar sozinho. Foi um fim que precisei aceitar para não desacreditar no amor. Doeu pra caramba porque era algo que eu queria ter, era alguém que eu queria do meu lado e eu estava abrindo mão. Mas apesar de tudo, foi esse fim que me ensinou muita coisa e respondeu muitas perguntas que eu não entendia sobre o amor.

Aprendi que amor é aquele sentimento que permanece dentro da gente, estando ou não com o outro. Amor é respeito pelo que foi vivido, é desejar boa sorte ao outro mesmo que ele não esteja mais ao seu lado. Amor é torcer para que o outro amadureça, para que ele não cometa com outra pessoa os mesmos erros que cometeu com você. Amor é esperar que o outro cresça e que possa voltar a sentir o amor novamente. Amor é, mesmo com vontade de que o outro estivesse com você, desejar que ele possa ser feliz com outra pessoa.

NEM TUDO QUE VAI EMBORA É AZAR, ÀS VEZES PODE SER UMA SORTE GRANDE

Eu revirava o seu perfil só pra saber por onde você andava, se já tinha me esquecido ou se já tinha conhecido outra pessoa. Eu vasculhava as suas fotos, procurava por algum comentário que me dissesse algo. Apesar de todas as declarações que você me fazia, eu sabia que uma hora você encontraria alguém.

Você sempre procurava uma nova pessoa enquanto dizia pra mim que ainda me amava. Eu nunca entendi esse seu jeito de amar, esse seu jeito de falar de amor pra me convencer de que você não me esqueceu quando, na verdade, o que você queria era me iludir pra fazer com que eu acreditasse nas suas mentiras enquanto você aproveitava a vida sem mim por aí. Eu te via saindo, eu ficava observando as suas últimas fotos e você não parecia triste, não parecia sentir a minha falta. Parecia tudo tão tranquilo pra você, sorriso largo, copo de vodka na mão, amigos que você nunca me apresentou.

Tudo doía, sabe? Doeu sentir falta de você e ao mesmo tempo saber que eu não deveria sentir. Você foi o cara que eu confiei, para quem me entreguei e com quem tive coragem pra ser eu mesmo e doeu perceber que eu não era tão importante assim pra você quanto eu achava que era. Doeu ver você esquecendo tudo que vivemos tão rápido, jogando tudo pro alto sem sequer demonstrar que sentia minha falta. Doeu ver você vivendo sua vida normalmente, como se eu não coubesse mais em nenhuma parte do seu dia.

Eu via você online e tinha vontade de conversar, mas deixava pra lá. Você não sabe quantas vezes eu quis te perguntar sobre nós, quantas vezes eu senti sua falta e não te procurei, quantas vezes eu senti a saudade apertando o peito, o nó subindo a garganta e a barriga marcando zero graus. Você não tem noção o que a sua falta me causou e o tanto de espaço que você deixou pra ser preenchido desde que foi embora. Mas todas as vezes que eu pensava em te procurar, eu me questionava se realmente valeria a pena. Toda vez que sentia vontade de te mandar uma mensagem, eu me perguntava se eu queria mesmo ficar mais uma vez pra depois, ser deixado de lado e talvez, nem receber as suas respostas. Toda vez que eu pensava em te ligar, eu me questionava se eu queria mesmo me humilhar de novo. Toda vez que eu pensava em voltar pra você e acreditar em todo aquele amor que você dizia sentir por mim, eu pensava comigo mesmo se valeria a pena aceitar tão pouco, me adiar por nada, me entregar por inteiro por alguém que sequer entende sobre metades.

Foi aí que eu passei a entender que você não foi embora, você me fez um favor. E que eu não te perdi, só comecei a ganhar.

TODA DECEPÇÃO
POR MAIS DOLORIDA QUE SEJA
TE TORNA MAIS FORTE

Depois que você sofre uma decepção, a sensação que fica é de tempo perdido. Aquela sensação de ter se doado por inteiro, se esforçado ao máximo para construir algo que, de uma hora pra outra, desabou sobre você. Fica aquela impressão de que tudo foi em vão, como se o maior erro fosse ter acreditado demais em algo que simplesmente acabou da pior forma.

A gente nunca sabe quando a dor de uma decepção vai passar. Às vezes passa hoje, às vezes parece nunca ter fim. A gente prefere se fechar a correr o mesmo risco mais uma vez. E então a gente recusa as possibilidades de se envolver com o que a vida nos dá e com qualquer resquício de amor que a gente possa provar. A gente se fecha sem nem perceber que se trancar não vai levar a gente a lugar algum.

Depois de tantas decepções você começa a se questionar se tudo que viveu com aquela pessoa foi uma mentira e que só agora você percebeu a realidade. Você se pergunta constantemente o que fez para alguém que te prometeu amor desonrar esse sentimento no final. Você respira fundo e começa a pesar todas as situações e tudo que passou volta como uma bola de neve, enquanto você assiste toda a confiança que você demorou tanto pra construir com aquela pessoa se desfazer. Você tenta buscar explicações pro que aconteceu e se culpa pelo erro do outro.

Depois de tantas decepções você aprende que errar sem querer é tão difícil quanto encontrar alguém que esteja disposto a não te machucar, que esteja disposto a viver algo intensamente e fazer o amor ter sentido, alguém que esteja disposto a fazer valer, sem omissões, mentiras ou traições. A gente não deve permitir que a decepção nos leve pra longe de nós mesmos. É na decepção que a gente deve erguer a cabeça e encontrar razões pra continuar. É na decepção que a gente deve aprender a ser mais forte, e entender que por mais que o mar pareça tranquilo, a gente não está livre das tempestades.

Acho que depois de uma decepção o coração da gente se molda como as estações do ano: uma hora frio, congela, vira pedra de gelo, ninguém entra, ninguém sai. Outro dia, ele resolve esquentar um pouco e aos poucos descongela. Depois ele recomeça, se desfaz daquilo que não mais interessa e começa a dar lugar as novas possibilidades. Então ele floresce, renasce, e se renova. Essa é a melhor parte, finalmente o amadurecimento.

Depois da decepção o coração deve aprender a sorrir o mais rápido possível, e por pior que seja a situação, é preciso se reerguer e seguir em frente, mesmo que decepcionado, porque esse é o melhor caminho. Ter maturidade pra entender que nenhuma dor vem em vão, e que toda decepção, por mais dolorida que seja, te torna mais forte.

QUER MESMO SABER SE ESTOU BEM?

Desculpa, mas é um prazer singular saber que você sente saudades, que te faço falta até hoje. Tem gente que perde e nem sente, tem gente que sente ao perder, tem gente que só acredita que perdeu quando o outro já foi embora, tem gente que perde por perder e tem você, que me perdeu sem perceber e não sei o que é pior nessa situação, perder por querer ou sem querer. Durante muito tempo eu me esforcei, tentei te impressionar, te dei as minhas madrugadas só pra ficar mais algumas horas ao seu lado. Fui o impulso que sentia ao ver você me ligando, o prazer de ter você ao meu lado, fui também a paixão cega que te quis mesmo sem saber se você me merecia, fui muito amor, até o dia que eu fui embora porque eu estava sendo qualquer coisa, menos eu. Descobri quem eu sou e o que sou não é exatamente o que você esperava que fosse. É clichê te dizer isso, mas agora é um novo tempo e eu só quero ser feliz. Não quero impressionar ninguém. Agora, amigo, sou tão outra que talvez você nem me reconheça mais.

Quando brigamos pela milésima vez e decidimos nos distanciar, não era exatamente o que eu queria. Eu disse que a gente precisava se afastar porque você me fez acreditar que com você e sem você não teria diferença alguma e que sorrir sozinha é bem melhor do que viver chorando ao seu lado. Eu disse que não mais te procuraria e pedi pra que você também não me procurasse porque você me fez desacreditar no amor que existia entre nós. Só recusei as suas ligações porque já sabia que você tinha me recusado da sua vida. Não te liguei mais porque durante um bom tempo você me fez acreditar que eu não era mesmo importante pra você, porque o seu "bom-dia" ficava sempre pra depois, porque a sua voz estava sempre cansada e ouvi-la ficou cada vez mais difícil. Decidi não me importar mais e nem te procurar porque você não enxergou minhas tentativas de me aproximar de você, você não regou e não colheu como deveria todos os sorrisos que te dei. E, para ser sincera, eu até te agradeço por facilitar tanto a minha saída e me dar motivos de sobra pra não ser sua.

É engraçado porque quando me diziam que você não servia pra mim, eu discordava e sempre insistia. Agora, não tenho mais assunto pra conversar com você porque a vontade que eu tinha de varar a madrugada te admirando e tentando entender como você conseguiu me ganhar, acabou. Agora, eu não tenho mais nada pra te dizer, nem quero perder o meu tempo tentando te explicar como deixei de te querer. As coisas vão bem, obrigada, e não vejo necessidade alguma de tentar confundi-las agora. O que é mesmo pra ser, apenas é, não é isso? E você não foi.

Eu queria saber se essa pergunta que você me faz quando percebe a minha ausência é mesmo pra me mostrar que ainda se preocupa comigo ou quem sabe uma carência só pra me contar que você está feliz sem mim, quando na verdade talvez você não esteja. Queria saber se quando você me liga é realmente por engano ou só uma vontade de dizer: "Ei, eu ainda estou aqui, meio perdido", como você sempre foi. Eu queria saber se aquelas mensagens que você me enviou no natal ou no réveillon do ano passado foram mesmo pra me desejar tudo aquilo que li ou se você só queria dizer o que eu já sei: "Eu te perdi, está foda ver tanta gente sorrindo e eu aqui sem você".

Eu queria saber se quando você me pergunta se estou bem é realmente pra saber se estou só ou uma necessidade de ser respondido, nem que seja com um "Tá tudo bem, sim" sem qualquer outra interrogação ou esforço pra continuar a conversa. Sinceramente, eu queria acreditar que você se sente bem ao me ver saindo, viajando e sorrindo sem você. Queria saber que você se sente confortável em saber que estou livre, que posso ser pra qualquer pessoa menos pra você, e que por escolha exclusivamente minha, e que isso fique bem claro, eu ainda não optei por encontrar alguém que ocupasse o lugar que você ocupou. Eu queria mesmo acreditar que você não olha pra mim, que quando me ver por aí, não sente nenhum arrependimento em saber que, apesar da merda que você fez, por dentro está tudo inteiro e eu estou andando sem medo. É uma pena que isso tenha acontecido com você. É uma pena que você ainda não tenha se encontrado desde o dia que tentou me perder.

Lembra quando você propôs que eu te esquecesse? Então, espero que realmente esteja satisfeito com o meu esquecimento e que finalmente, tenha entendido que quem muito se ausenta uma hora deixa de fazer falta. Nada dói. Essa coisa distorcida e danosa entre nós finalmente acabou. Mais uma vez, estou bem, obrigada, e espero que esteja tudo bem com você também, mas não me importo se não estiver. Estou feliz e me encontrando a cada dia, e o detalhe mais importante de tudo isso: livre de você.

PROVAVELMENTE VOCÊ VAI ESBARRAR EM ALGUM EMBUSTE NESSA VIDA

Um dia, em algum momento da sua vida, vai encontrar alguém que vai ficar com você e te fazer achar que você é realmente importante pra essa pessoa, até que, quando surgir alguém mais interessante, você deixa de ser prioridade e passa a ser uma segunda opção. Um dia você vai encontrar alguém que vai te falar as melhores coisas, te dizer o quanto gosta de você e conversar sobre as suas qualidades, até que você acredite que essa pessoa realmente gosta de você e então, ela sumirá da sua vida.

Um dia alguém vai fazer de tudo pra que você comece a se envolver e, por muitas vezes, você não vai querer se envolver, mas essa pessoa te faz acreditar que vai ficar tudo bem, que vai ser legal pra vocês, até que você se convence, e quando esse alguém percebe que você está literalmente envolvido, esse alguém te diz: "Acho melhor a gente acabar com isso".

Um dia alguém vai aparecer na sua vida já tão bagunçada pra bagunçar ainda mais. Um dia você vai conhecer alguém que vai tentar fazer de tudo pra que você corra atrás, pra que você que seja sempre o primeiro a ligar, o primeiro a puxar assunto, quando na verdade esse alguém não quer absolutamente nada com você, a não ser ter alguém ali, correndo atrás para inflar o próprio ego. Um dia você, inevitavelmente, vai encontrar alguém assim, que vai tentar fazer você acreditar que ela gosta de você, quando na verdade, esse alguém não te trata com tanta importância assim.

Talvez, um dia você esbarre em alguém que não vai se importar com os seus sentimentos, que não vai ter responsabilidade emocional nenhuma com você. Talvez você se apaixone por alguém que não tenha sensibilidade alguma pra perceber quando suas atitudes podem machucar alguém, e talvez você se apaixone por alguém que aja como um completo idiota só pra chamar a sua atenção e de alguma maneira te machucar.

Se algum dia, em algum momento da sua vida, você encontrar pessoas assim, saiba que você não precisa nem deve permitir que esses embustes permaneçam na sua vida. Você não precisa de alguém que diz que te quer, mas espera que você sempre tome atitudes, corra atrás, insista, só pra inflar o ego. Você não precisa de alguém que fala o quanto você é foda só pra te manter na geladeira enquanto explora melhores opções. Você não precisa perder o seu equilíbrio emocional por alguém que só te procura quando convém, te trata como só mais uma opção no cardápio. Você não precisa implorar atenção de ninguém e muito menos precisa ficar atrás de alguém que só quer te ver disponível no momento e na hora que bem entende. Você não merece pessoas embustes na sua vida.

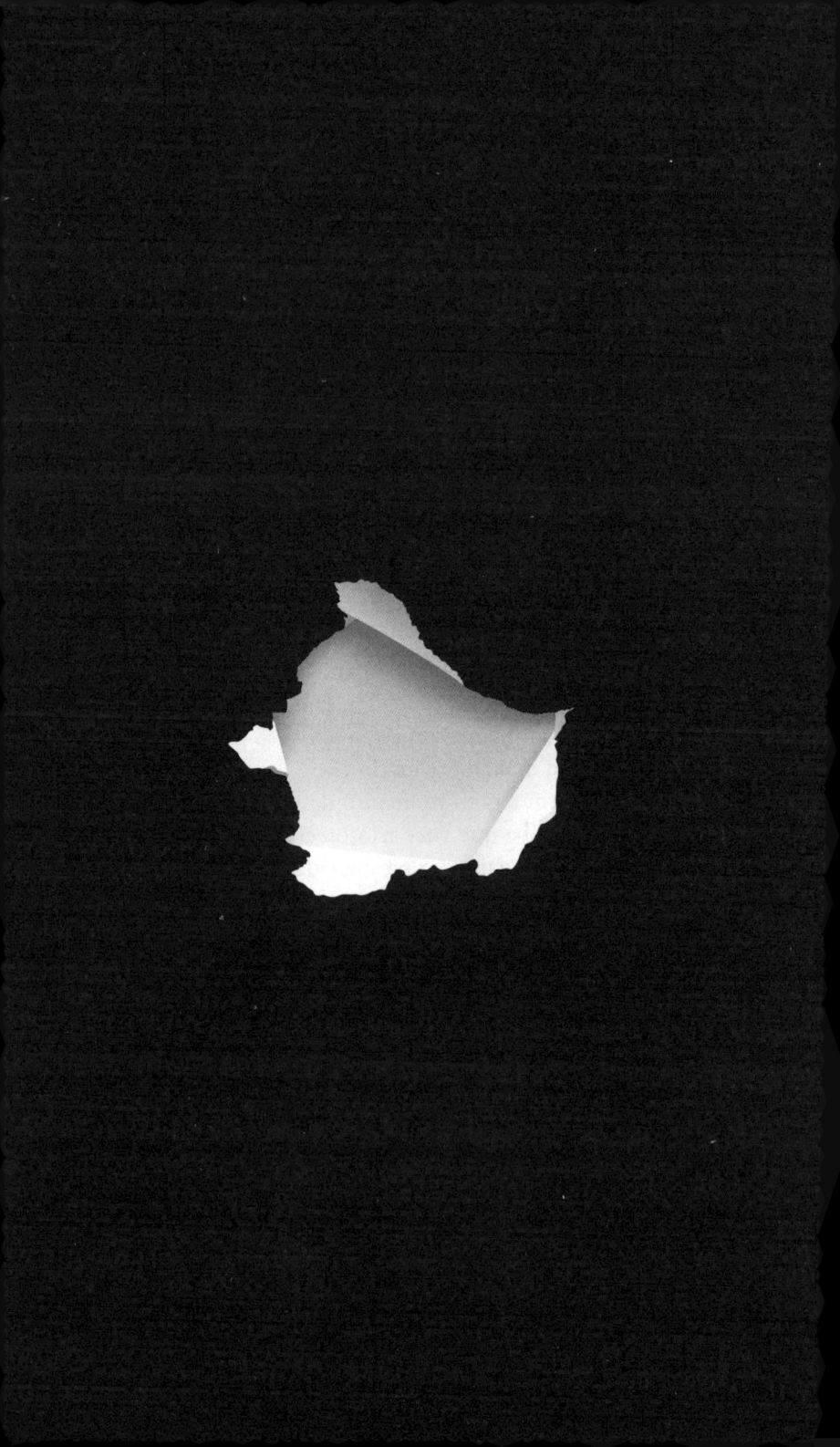

SE TE MACHUCA E TE FAZ CHORAR MAIS DO QUE TE FAZ SORRIR, ME DIZ COMO PODE SER AMOR?

SE VOCÊ AMA ALGUÉM, ANTES DE TUDO, SAIBA QUE VOCÊ NÃO PRECISA DESSA PESSOA

Quando a gente acaba um relacionamento parece que fica um buraco dentro de nós, não é? Fica um vazio que parece que nunca vai ser preenchido por ninguém. A gente acredita que esse vazio vem em forma de saudade e de boas lembranças, e lembrar desses momentos acaba nos causando dor.

Mas não é pra ser sim.

Você já se perguntou o porquê de ficar em um buraco? Será que esse buraco apareceu somente quando o relacionamento acabou ou já existia antes mesmo do relacionamento começar? Às vezes aquela sensação de vazio que fica é só porque as nossas necessidades pararam de ser preenchidas, fica aquele sentimento de devastação que não te deixa enxergar a sua essência e então você acaba acreditando que te falta algo. E o problema não está no outro, no fim da relação ou na sua partida: está dentro de nós.

Por exemplo, se você sente a necessidade de se sentir cuidada e deposita essa tarefa em alguém (quando deveria ser você a responsável por isso), e o outro não cuida, a sua necessidade de se sentir cuidada não está sendo atendida. E então, você começa a sentir um vazio porque você não está suprindo essa necessidade, você não está preenchendo os espaços dentro de si mesma.

Fica um buraco se você sente a necessidade de contar sobre o seu dia, falar sobre as suas manias, os seus problemas, medos e planos para alguém, e esse alguém não está mais ao seu lado. Fica um buraco se você sente a necessidade de se divertir, de beber um bom vinho nos dias de chuva ouvindo um disco da sua banda preferida com alguém, e esse tal alguém não está mais ao seu lado pra fazer tudo isso. Fica um buraco se você sente a necessidade de acordar de manhã e ficar por meia hora parada olhando a maneira que ele dormia, e ele não está mais ali pra acordar ao seu lado. Fica um buraco se você sente a necessidade de receber uma mensagem de bom dia, uma ligação te dizendo o quanto você é importante, mas ele não vai mais fazer isso.

Fica um buraco quando você sente a necessidade de estar com alguém que preencha todas as suas necessidades, quando na verdade, as suas necessidades devem ser preenchidas por você mesma. Não é culpa do outro se você não tem as suas necessidades atendidas, você é quem precisa assumir essa responsabilidade de preencher o seu vazio. Ou você acha mesmo que não é boa o suficiente pra se fazer feliz? Ou você acredita que não é capaz de parar um pouco pra se ouvir, se abraçar, sair em busca dos seus sonhos e realizá-los?

Se você ama alguém, antes de tudo, saiba que você não precisa dessa pessoa. Você não depende dessa pessoa pra viver, pra seguir o seu caminho, pra ter paz, pra se sentir feliz. O outro só tem que ser alguém que você queira estar e não alguém com quem você precise estar.

É um momento incrivelmente mágico quando você aprende a ser feliz com você mesma, quando você compreende que ficar sozinho pode não ser frio como imaginava que fosse, quando você percebe que perdeu tanto tempo procurando por um tesouro perdido quando, na verdade, esse tesouro esteve mais perto do que você imaginava: era você mesma o tempo todo.

NÃO DEVEMOS:

1. Idealizar alguém perfeito demais.
2. Esperar que o outro mude por nós.
3. Colocar grandes expectativas em amores minúsculos.
4. Menosprezar a nossa essência por alguém.
5. Nos autossabotar por algo não ter sido como esperávamos que fosse.
6. Nos diminuir em nome do amor.
7. Achar que somos incapazes de amar novamente.
8. Acreditar que não somos bons o suficiente e que é por isso que as pessoas não permanecem. Você sabe, permanecer nunca foi sinônimo de felicidade.

NUNCA SOFRA POR UM AMOR MEIO BOSTA

Antes que você termine a leitura desse livro, vem cá, precisamos ter uma última conversa. Já faz um tempo que você anda sofrendo por esse amor aí, não faz? Você já até perdeu as contas de quantos dias faz que você ainda olha a tela do celular a cada dois minutos mesmo sabendo que acabou, que ele sumiu, que não vai te mandar mensagem e muito menos te ligar. Já faz um tempo que você prefere ficar em casa lamentando por tudo que não deu certo, pelas coisas não terem chegado até onde você pensou que chegaria. Às vezes a gente não tem muito o que fazer, se a bagagem pesa a gente tem mesmo é que se desfazer dela. Você precisa se desfazer. E você vai.

Você não precisa mais correr atrás, não precisa mais ficar se torturando tentando buscar respostas que não fazem mais sentido e que não vão mudar absolutamente nada. Para um pouco pra tomar um fôlego e segue a sua vida. Eu sei que provavelmente muitas pessoas já te disseram isso, sei que no fundo você compreende que o melhor que você deve fazer é seguir em frente e sei também que nem sempre é fácil seguir, principalmente quando a gente é obrigado a ver que o outro seguiu em frente primeiro. Mas a dor faz parte do processo de amadurecimento, sabe? A saudade vai doer, as lembranças vão doer, tudo vai contribuir pra termos aquela sensação de ausência, de que está faltando alguma coisa. Mas essa sensação de que te falta algo vai doer até o momento em que você perceber que não te falta nada. É só uma questão de aceitar os fatos e amadurecer a partir daí.

No fundo você sabe que está sofrendo por alguém que não merece, e desejando algo que nem é tudo isso que você queria. Você é incrível e você sabe disso. Você possui uma beleza única e olha que nem estou falando do seu exterior. Você sabe que é grande demais, talvez um universo cheio de constelações de sonhos e vontade de realizar todos, e é por isso que você nunca vai caber em mundos pequenos demais. A sua intensidade não merece ser estragada por um amor superficial qualquer. Você sabe o quanto a sua presença anima qualquer ambiente, o quanto as pessoas em sua volta amam te ter por perto e o quanto a sua ausência faz falta nos encontros entre amigos. Então me diz, porque ficar indo atrás de quem não reconhece o prazer da sua companhia, porque ficar se importando por alguém que não consegue enxergar a sua grandeza, porque ficar se desgastando, ligando, perdendo tempo e implorando uma atenção tão rasa? Você é melhor que isso, entende?

"Mas eu ainda o amo!" Dane-se esse amor, se não é recíproco não te serve. Você é uma pessoa extraordinária, sabe fazer coisas incríveis. Você é imensidão por dentro, acredite. Precisa de mais? Você sempre buscou as melhores versões mesmo nos piores momentos; mesmo quando o mundo desmoronava, você se atrevia a reerguê-lo do zero, sozinha. Ao fechar esse livro, é isso que você precisa.

Se reerguer. Não chore por alguém que escolheu sumir da sua vida. Você merece alguém que te transborde, que seja complemento, que venha para somar. Menos que isso não dá, entendeu? Nunca, jamais sofra por um amor meio bosta.

**Acreditamos
nos livros**

Este livro foi composto em Adobe Garamond Pro e impresso pela Gráfica Santa Marta para a Editora Planeta do Brasil em dezembro de 2024.